VICTORY NOVELS

最強電撃艦隊

❸巨艦決戦! 大和突撃

林 譲治

電波社

この作品はフィクションであり、登場する国家、団体、人物などは、
現実の国家、団体、人物とは一切関係ありません。

最強電撃艦隊(3)
巨艦決戦！大和突撃

もくじ

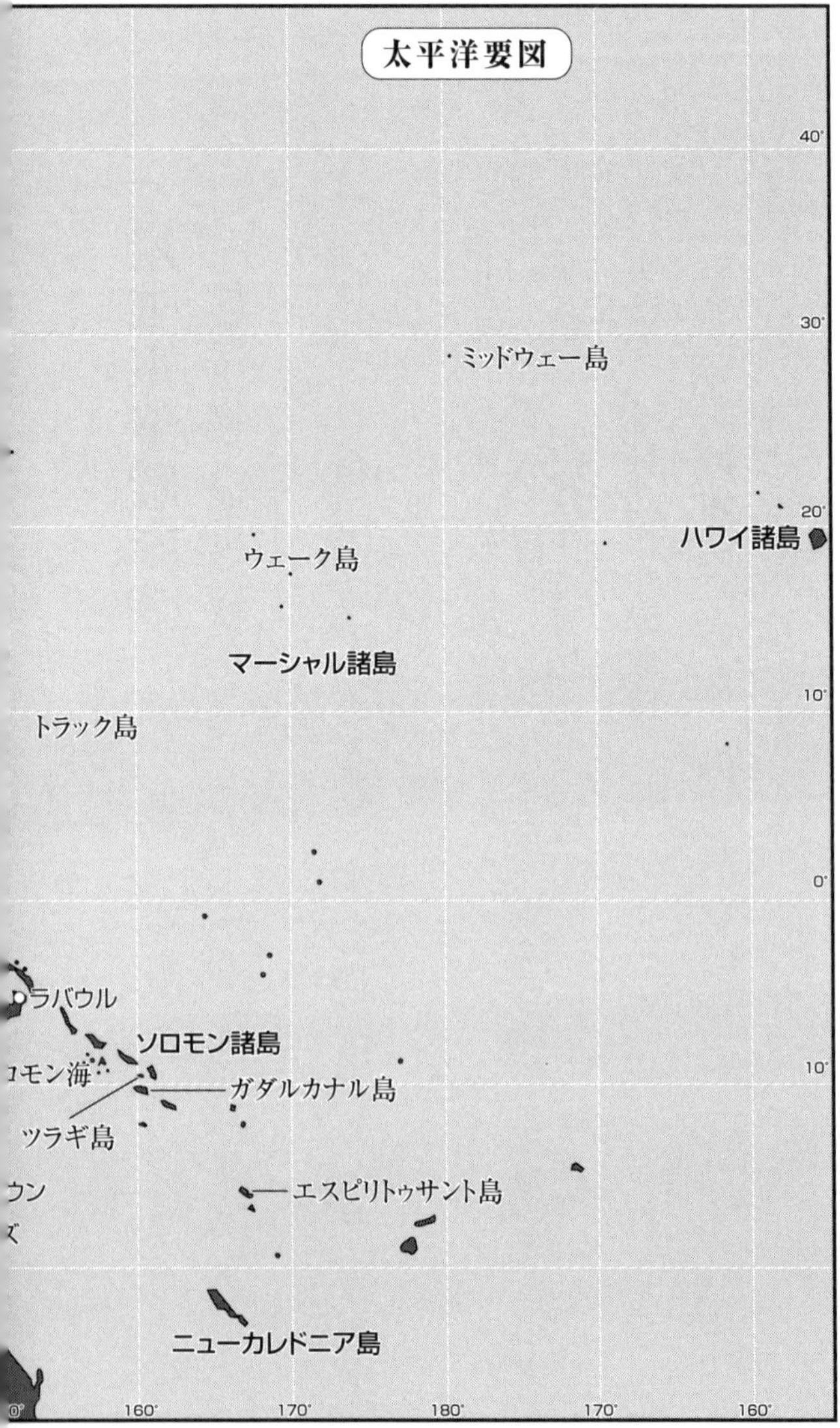

太平洋要図
40°
30°
ミッドウェー島
20°
ハワイ諸島
ウェーク島
マーシャル諸島
10°
トラック島
0°
ラバウル
ソロモン諸島
ロモン海
10°
ガダルカナル島
ツラギ島
ウン
エスピリトゥサント島
ニューカレドニア島
160°
170°
180°
170°
160°

中国
台湾
マリアナ諸島
南シナ海
インドシナ半島
仏印
マニラ
フィリピン
パラオ諸島
マレー半島
ボルネオ島
シンガポール
スマトラ島
蘭印
ニューギニア島
ポートモレスビー
オーストラリア
100°
110°
120°
130°
140°

第1章　本土攻撃隊

1

昭和一七年三月四日、パラオ諸島。

「確認した。着陸を許可する」

無線電話は着陸を許可してくれた。塚本《つかもと》海軍大尉は彩雲《さいうん》乙型で着陸態勢に入る。

とはいえ、そのためにはそこそこ手間がかかる。運用しているいまでさえ実用試験の意味合いから、着陸態勢に入るまでは高高度飛行を続けていたからだ。

彩雲乙型はパラオ本島を螺旋を描くように徐々に高度を下げていく。眼の前にある電探のブラウン管は、周辺に機影がないことを示している。

それでも時々ブラウン管の映像が乱れるのは、飛行場の電探の電波が干渉しているためか。そうして高度を下げながら、彩雲乙型はついに滑走路に着陸した。

日本の委任統治領の中で南洋統治の中枢として機能していたのは、南洋庁が置かれているパラオ諸島のコロール島であった。開戦時には人口は一万を超え、そのにぎわいは「南洋の東京」とさえ呼ばれていた。

しかし、軍事的には隣接するパラオ本島（バベルダオブ島）が重要な意味を持っていた。ここには日本海軍第三通信隊が置かれるほか、グライダー練習場だったものを開戦後に急ぎ拡張したパラオ飛行場があった。

パラオ飛行場は後方基地の中枢を意識し、航空便の中継地となるほか、大型機を前線にフェリー輸送するための拠点にもなっていた。海軍航空畑の人間にとって、パラオ本島は「影の航空要塞」であった。

この影の航空要塞を支えるのが海軍一式輸送機であった。一式陸攻に似ているが別の設計で、じじつ翼幅は一式陸攻より、ずっと広い。

これは陸偵の経験を活用したものだ。完全な与圧区画ではないが、外気を圧縮して予熱した空気を取り込むことで内圧を高める構造になっていた。

そのため実用上昇限度は一万メートルながら、七〇〇〇メートルほどの高度を常用し、空気抵抗の軽減を実現していた。速度は低いが、八人の人間か七〇〇キロまでの物資輸送が可能だった。

特筆すべきは航続力で、三〇〇〇キロを実現している。高度が高いのは非武装の輸送機であるため、敵機の襲来を受けないように高度を稼いでいる関係である。

この海軍一式輸送機があれば、パラオからたいていの場所に人や物を輸送できた。東京は無理だが、九州になら無着陸で飛行できる計算だ。

わざわざ海軍一式輸送機と称するのは、陸軍にも一式輸送機という飛行機が存在するからだった。

海軍一式輸送機には長距離爆撃機の技術検証という意図もあったため、陸軍にも存在は秘密にされていた。もっとも、陸軍が知ったとしても運用思想が違うので、活用できるかは疑問である。

このパラオ飛行場は、フェリー輸送される陸攻もしくは輸送機しか姿を見ない飛行場であったが、いま見慣れない飛行機が着陸しようとしていた。

それは彩雲陸偵に似ていたが、機体幅が通常型より狭くなっていた。しかも驚くべきことに、複座ではなく単座である。

これは彩雲乙型と呼ばれるもので、この機体の完成に伴い通常型は彩雲陸偵甲型と称されるようになった。

機体そのものは甲乙で基本的に変わらないが、乙型は甲型よりも高速で、高性能の電探を装備していた。この結果として操縦員しか搭乗できなくなったのだ。

操縦席にはブラウン管が装備され、搭乗員が周辺の偵察を行う形となる。

これは搭乗員の負担を増やす一方で、電探が捉えた標的に対しては自由に調査してよいという自由裁量も与えられていた。運用その他が大きく違うのは、甲型がいわゆる戦略偵察機、乙型が戦術偵察機という性格の違いによる。

いまパラオに乙型が配備されたのも、敵の攻撃目標がパラオの可能性があるとの連合艦隊司令部の判断によった。

この乙型の登場は現場部隊の必要性から生まれた。甲型に至る従来型陸偵は大作戦で大きな成果をあげている反面、乗員に高い練度を要求するとともに、四八時間以上も飛行できるため遠距離偵察には向いていたが、要地周辺の偵察には逆に使いにくい面があったことによる。

つまり搭乗員の養成が難しく、目の前の案件を処理するには向いていなかったのだ。そこで、搭乗員を一名にすることで人材不足を緩和し、戦術レベルの偵察に専念する機体として乙型が生まれたのである。

乙型については、空母艦載機に加えることも視座に入っていた。電撃戦隊などに敵部隊が接近するような状況では、いち早くそれらを察知することを期待されてのことだ。

甲型が空母の危機を救ったことはあるのだが、少なからずそこにたまたま陸偵がいたという偶然の要素も多かったので、自前の偵察機という話になったのだ。

また、彩雲乙型については特殊な運用が検討されていた。輸送船などに短い飛行甲板を設け、必要に応じて彩雲乙型を飛ばすというものだ。

出港した港からの航空機と、到着予定の港からの航空機で対応できない領域を、彩雲を飛ばすことで埋める。これにより船団周辺の敵潜水艦などを確認することができる。

空母とは異なり着艦はできないが、任務を終えたらそのまま陸上基地に着陸する。運用としてはいささか特異だが、船団護衛に割ける戦力が限られていることから、こうした運用が考えられたのであった。

2

「どうだね、乙型は?」

　飛行場に着陸すると、空技廠《しょう》の人間が三輪自動貨車で待っていた。現場の声を設計に反映させるためらしい。

　開戦後という環境が理由なのか、最近は航空機の開発現場も違ってきた。以前は現場で修理などを行う技術者は、航空関係者の中では設計担当よりもずっと低く見られていた。

　低く見られていたので、運用の難しさなどの技術的問題についてもなかなか設計には反映されなかった。無線電話の性能低下も、要するにそういうことが原因だ。

　それが陸偵の実用化の頃から環境が劇的に変わった。空技廠の技術士官などが直接やってきて、最前線の意見を聞いてくるのだ。

　陸偵のような複雑な航空機がそこそこの信頼性を維持できている背景もここにあると、塚本は考えていた。

「機体としては悪くないが、電探もあれもこれも一人で行うのは搭乗員の負担が大きすぎるな」

「やはりな……」

　どうやら開発側にも、その認識はあったらしい。

「じつは海軍式一号演算器を載せて、いくつかの作業を自動化することが検討されている。航法の簡略化などだ。

　あるいは航法専用演算器となるかもしれん。時計と太陽の方向だけで現在位置を把握するようなものを考えている」

「それなら航法の負担がかなり軽減しますが、そんな装置が可能なんですか」

　塚本には話がうますぎて信じられなかった。

「新型局地戦の照準器に同じ装置が活用されている。敵機と自身のベクトル計算だから、天体と自身のベクトル計算に書き換えるのはそんなに難しくないだろう」

「それは素晴らしい」

新型局地戦の噂は聞いていた。機銃の命中精度が従来よりも高いらしい。古参の中にはそれほどではないと言う人間もいるらしいが、塚本はそれは違うと思っていた。

神業《かみわざ》のような撃墜王は、個人としてはすごいかもしれないが、戦争ではそんな少数の名人は意味がない。大多数がどうなのかで、戦争の結果は決まる。

自分は彩雲を操縦しているからわかるが、優れた機械は運用技術が必要ではあるが、それさえ習得すれば凡人でも名人並みの働きができる。そして、どう考えても名人より凡人のほうが圧倒的に多いのだ。

ならば、機械力で凡人に名人並みの働きをさせたほうがいいに決まっている。

「GF旗艦は水上機母艦の日進《にっしん》だが、それにも彩雲を搭載するという案もある。戦闘機とは違うので、フロート付きにしても極端な性能の低下はない」

「それはどうかな」

塚本は指摘する。

「フロートはカメラの性能に影響するんじゃないか。特に電探には深刻な影響があると思うが」

「そうか……聞いてみないとわからんものだな」

そう言いながら、技術士官は手帳に何かをメモしていた。

アメリカやイギリスであれば、午前中に着任したら次の任務は翌日以降となるが、日本海軍にそんな余裕はなかった。

海軍のみならず陸軍も、航空機が重要な戦力であることを痛感していた。そのためどちらも航空隊を拡充していたが、人材が決定的に不足し、若者の取り合いさえ起きていた。

問題は陸海軍ともに、航空機搭乗員の大量育成の経験も手段も確立していないことだった。

一人の教官が二人の生徒を教えるような「少数精鋭主義」的なやり方を続けてきたため、短期間に万単位の「平凡だが一人前」の搭乗員の育成という問題には経験がなかったのだ。

結果的に現場はカリキュラムの作成からして手探りであり、そこから養成された人材も増えてはいたが、必要量を満たすには至っていない。

このため陸偵なども搭乗員養成が追いつかず、現場負担が増えていた。彩雲乙型にしても戦術・戦略両方に対応するというのは結果論で、搭乗員削減で運用機数を増やすのが真の目的とさえ噂されていた。

だから、塚本が同じ日に二度目の出撃をするのも規定のことであった。パラオの搭乗員用の食事がビフカツというのが、数少ない役得くらいのものだ。

塚本は天測を行い、機体の位置を確認する。

空技廠の技官からは、演算器を搭載することでパラオ諸島の複数の電波塔から定時に一秒にも満たない信号を送信するようなことも聞いた。複数の電波塔からの電波を同時受信し、その方位を分析することで、自動的に現在位置を割り出すというのだ。

意外にも、機体の位置を割り出すのはそれほど難しい話ではないという。単なる計算問題だからだ。難しいのは、操縦員に現在位置がどこであるかを表示する方法であるという。単座の飛行機であるから、あれもこれもは搭載できない。

技官としては、電探のオシロスコープにガラスに描いたパラオ諸島の地図を重ね合わせ、光の点で位置を示すようなものを推したかったようだ。

ただ電探を使用するとなると、地図と電探では縮尺が異なる。ガラス板の置き換えなどは、一瞬一秒が勝負の航空戦では現実的ともいえない。

そうなると、時計のように飛行場からの場所を方位と距離の二本の針で示すようなものが考えられるらしい。ただ、これだと地図と比較すればわかりにくさは明らかだ。

ほかには緯度と経度を数字で示すというものが考えられるという。緯度と経度を時計のような文字盤と針で示す機構はかなり大きくなるので勧められないというわけだ。

確かに数字でなら緯度経度を針で読み取るよりはわかりやすいかもしれないが、地図に転写するのが面倒な気がした。直感的には理解しにくい。特に自分の針路については、そうだろう。位置と動きを埋める仕組みが必要だ。

そんなことを思いながら、塚本は機体の位置と方位を確認する。確かにこれが自動化されれば楽だろう。

そうした時に電探に反応がある。

単独であり、一〇ノット以上は出ていると思われた。おそらくは浮上した潜水艦に違いない。

米海軍の次の攻撃目標の一つと言われている場所に、パラオ諸島が含まれていた。そこに潜水艦が展開しているのは、交通破壊か偵察のいずれかに思えた。

逆探によると、潜水艦は電探を使用していない。夜間であり発見されないと考えているのだろう。

塚本はすぐパラオに通報する。パラオには艦攻隊の一部が対潜部隊として待機している。陸偵の発見した敵潜は、これらの部隊により破壊されるのだ。

パラオの艦攻隊は、ここが日本軍の物流拠点であることを念頭に、ほかの部隊とはいささか性格を異にしていた。

詳細は塚本も知らされていないが、潜水艦に電探を搭載する実験中に、海中の潜水艦を磁場の変化で察知することが可能であるとわかったらしい。

技研ではそのための複雑な計算を演算器などを駆使して行い、艦攻に搭載できるような磁場探知機を開発したという。だから陸偵が潜水艦の所在を伝達したならば、あとは磁探を搭載した艦攻が始末してくれる。

浮上しているならそのまま爆撃するし、発見されて急速潜航で逃げたとしても、小型の対潜爆弾をいくつも投下するので、一つや二つは確率的に命中するはずだった。対潜爆弾は深度ではなく着発信管装備だから、どのような状態でも接触すれば起爆するのだ。

電探は三〇分もしないうちに艦攻の接近を察知し、それから数分後に潜水艦が艦攻を発見したらしく急速潜航を始めた。潜水艦の姿は電探から消えた。

艦攻は潜航した潜水艦のいるらしい領域を渦を描くように旋回し、そして対潜爆弾を投下したようだ。

「命中したか」

塚本の居場所からは戦闘の詳細は確認できない。ただし、海中に閃光が見えたというのは、爆弾が命中したのだろう。

この夜、この潜水艦を含めて二隻の潜水艦が、彩雲と磁探搭載艦攻により撃沈された。

3

三月六日、空母レキシントン。

「ここまで来たか……」

空母レキシントンのシャーマン艦長には、明日の出撃が信じられなかった。あまりにも投機的すぎる作戦であるからだ。

命令を受けた時は、真珠湾やミッドウェー島の奇襲を聞いたばかりであり、反撃は当然と考えたし、それには日本本土空襲しかないとも思った。

だが、こうして作戦を実行しつつ冷静に考えてみると、空母一隻と若干の護衛艦艇で日本本土を奇襲するなど正気とは思えない。

正気とは思えない理由は、まだある。

日本本土に部隊が向かっていると気取られないように、ラバウルやパラオ周辺で陽動部隊が活動していた。潜水艦や駆逐艦が中心だったが、それらによるゲリラ攻撃はことごとく失敗している。

おそらくは、パラオやラバウルが攻撃されると思わせるという米太平洋艦隊の作戦が、大枠では成功しているためだろう。

しかし、シャーマン艦長が知る限りでも、ラバウルやパラオに向かった潜水艦五隻が沈められ、駆逐艦三隻が犠牲になったという。さらに巡洋艦一隻が大破している。

いずれも航空機による攻撃ではあるが、日本海軍はパラオやラバウルに鉄壁の防備を固めているようだ。それだけ日本本土の守りは手薄になっているはずだが、一撃離脱の作戦のためだけに一〇〇〇人近い犠牲者が生まれたことに、彼は疑問を覚えないではなかった。

ただ事態がここまで進行したら、疑問を感じることそのものが彼らへの冒瀆《ぼうとく》になるような気さえするのだ。

そんななかでの朗報は、先日の空母ホーネットによるラバウル奇襲の成功だ。これによりいままでの作戦の失敗は帳消しとなった。

だが同時に、ホーネットの成功はレキシントンの退路を断ったとも言えた。彼らは日本本土に向かわねばならない。

「正気ではないのか、我々も」

シャーマン艦長は思う。

確かに日本海軍も正気とは思えない作戦を実行し、それは米太平洋艦隊に甚大な被害を与えたもものの、それははっきり言って石油タンクに引火したという偶然の産物の結果である。それさえなければ被害は限定的だっただろう。

問題は、まさにそこだ。

首都東京への空襲だが、どこを攻撃するのが効果的なのか。部隊の安全と並行し、それも考えねばならない。

これはけっこう難問であった。政府関係は標的としてはわかりやすいが、ここで交渉相手を直接攻撃してしまっては停戦交渉さえできなくなる。同様に、皇居なども日本人の感情を逆なでしてしまうことは明らかだ。

日本人の戦意を喪失させるなら、それよりも都市そのものを攻撃するほうが効果的ではないか。彼はそう考えていた。

それは国際法上は問題のある行為だが、都市爆撃はすでに敵味方ともに普通に行われている。ならば戦争を早期に終結させるためなら、それも容認されるはずだ。彼はそう自分を納得させていた。

「出撃は全機で行う。攻撃は一度である！」

シャーマン艦長は結論した。もはや迷う余裕さえなかった。

4

三月八日、館山。

九三式陸攻丙型の実用試験は続けられていた。新機軸の実験機であるため、細かい不都合は起きていた。そのため一日は予定を変更して整備にあてられ、爆撃試験なども延期された。

そして、この日は当初の試験飛行のプログラムではなく、先日のエンジン周辺の不都合点が直ったかどうかの確認試験が行われることとなった。

「試験は単純だ。館山から五〇〇キロ東進し、そこから館山に戻る。その間に異常がなければ、修理は完成したと言えるだろう」

丙型には空技廠の技官が乗り込んでいた。

先日の試験ではエンジンの異常な過熱が確認された。それはエンジンマウントの空気の流れの不都合と判断され、エンジンマウントの改修がなされたのである。それに伴い配管なども組み替えられていた。

だから五〇〇キロと言っているが、不都合があればもっと早期に明らかになる。逆に五〇〇キロ飛行して不都合がないなら、一〇〇〇キロ飛行しても不都合はないという道理である。

それでも五〇〇キロ飛ばすのは、高高度飛行の実験も合わせて行うためである。つまり、与圧区画の試験だ。

このあたりは不可分の試験である。エンジンの排気を利用して内部を与圧する構造なので、エンジン試験と与圧区画の試験は切っても切れない関係にある。

出撃準備を整えて無線機の最終調整を行い、指揮所から離陸許可が出た。エンジンの回転数が上がり、丙型陸攻は速力を上げた。

そうして不安げもなく離陸した。与圧区画にも問題はなく、試験機は着実に高度を上げていく。

「発動機の温度はどうか？」

機長が機関員に報告を求める。

「四基すべてが正常な温度域にあります。現状で飛行に問題はありません」

「飛行に問題なしか。よしっ！」

空技廠の技官たちの仕事がよかったのか、エンジンは正しく作動していた。

「ここから先は、この状態が継続されることだな」

それでも機長や機関員は、エンジンの状況と与圧区画の変化に注意を向け続けた。

重要なのは与圧区画の状態だった。エンジンの不調はすぐわかるが、与圧区画の不調は気がつかないうちに酸素欠乏を招き、気がついた時には手遅れであるし、最悪の場合、酸素分圧の低下に気がつかないで終わることになる。そうなれば、飛行機は操縦不能で墜落するしかない。

そうしているあいだに電測員が叫ぶ。


「敵主力艦の電探の電波を捕捉！」

機長がそれを聞きとがめる。

「電探の電波だけで、主力艦かどうかわかるのか？」

「はい、わかります。まず敵軍艦で電探を装備できるのは巡洋艦以上の大型軍艦であり、現在傍受しているのは一つだけです。

大型軍艦の単独行動、それも日本近海でということは考えられません。一隻の大型軍艦を駆逐艦以下の艦艇が警護している状態と思われます。

つけ加えるならばこの電波は過去の海戦でも、米海軍の空母と戦艦で認められたものです」

電測員の言う通りだが、若干の幸運に恵まれた面もあった。

それは空母レキシントンが日本軍のミッドウェ

ー島方面の陽動作戦もあって、母港へ戻ることがほとんどできなかった点にある。

そのため補給こそ受けられたものの、本来ならレキシントンも新型レーダーに更新されるはずのところを、その機会を失っていたのであった。更新が行われていたなら、電測員もここまでの確証を持つことはできなかっただろう。

日本海軍はやっとレーダー波の収集分析というシギントの概念を持つに至ったわけだが、戦術的な判断が行えるだけの電波パターンの収集は緒《しょ》についたばかりである。この時は本当に幸運に味方されたのだ。

電波は逆探での探知であり、敵艦はこちらに気がついていないはずだった。

機長はここで自分たちの電探を停止させ、逆探のアンテナ方位と強度だけを頼りに機体の方向を変更するとともに、館山航空隊にも状況を報告した。

そうしているうちにも敵軍艦の方位の変化から、その位置が絞り込まれてきた。信じがたいことに、敵軍艦は日本本土から三〇〇キロという近い海域まで接近していた。

機長は判断した。

「おそらく、これは空母だな」

「空母ならこの距離から日本を攻撃し、そのまま帰還できる。戦艦であれば最低でも三〇キロまで接近しなければならないが、それでは生還は期待できないからな」

この時、機長のみならず乗員の誰もが、丙型に爆弾が搭載されていないことを悔しく思った。爆撃できたなら、敵空母を攻撃できた。しかもこの高度まで迎撃可能な戦闘機はないので、一方的な攻撃が可能であったはずなのだ。

しかし、自分たちに武装はない。できるのは、敵空母の位置を把握することだけだ。

機長は敵空母の位置を捕捉するために電探を使用させた。丙型は高度一〇キロに到達していたので、電探の表示で一四キロを維持しながら、空母の周辺をまわった。

上から見れば、丙型と空母の距離は一〇キロだ。高度一〇キロから水平距離一〇キロなので、直線距離は一四キロとなる計算だ。

空母の直上に移動するつもりはなかった。深夜であり、目視は困難であることと、敵に丙型の性能を明らかにするわけにはいかなかったためだ。

深夜であるから、敵電探にも自分たちは一四キロ離れていると見えるだろう。それで十分だ。対空火器が自分たちに命中することもない。

じじつ空母やその護衛艦艇から激しい砲撃が行われる。それにより機長は、敵戦力の構成や配置を知ることができた。

どうやら敵の対空火器は電探の情報だけで砲撃しているらしく、砲弾は明後日の位置で炸裂していた。それでもその弾幕の中にいれば、丙型も無傷ではすまなかっただろう。

「迎撃戦闘機が現れました！」

「よし、撤収だ」

機長は撤収を命じる。戦闘機相手にこちらの情報を与えないとの判断からだ。深夜に超高空を飛行しているだけに、いまなら敵に姿を見られることもないだろう。

こうして丙型は館山へと飛行する。

「友軍機、本機下方を敵空母に向かって飛行中！」

電測員の報告により機内は歓声に包まれた。

5

「敵機を発見できないだと……」

シャーマン艦長は飛行隊からの報告が信じられなかった。夜間とはいえ敵は大型機であり、レーダーで方位も距離もわかっている。戦闘機隊が発見できないなどあり得ない。

迎撃には五機の戦闘機を出したのだが、誰一人として見つけられなかった。

この五機のパイロットはそれなりに経験を積んでいるし、散開して索敵を行うようなこともできていた。レーダーが追跡しているのだから、発見できないはずがない。

そもそも敵機は戦闘機が迫ってくるとわかると、さっさと退避しているのであり、敵にはこちらがわかっている。なのにこちらには敵が見えないとは、どういうことなのか？

レーダー上では敵機にかなり接近している戦闘機もいたのだが、それでもやはり見つからない。

敵機の側からすれば、そこまで接近されたなら防御火器で反撃しそうなものだが、そうした反応もない。よほど臆病か、さもなくばよほど胆力があるかのいずれかだろうが、ともかく敵は動かなかった。だから位置がわからない。

じつを言えば、自分が冷静さを欠いていたこともシャーマン艦長は認識させられた。

空母や護衛艦艇も対空火器で応戦しているなかで迎撃戦闘機を出したわけだが、一機が味方の対空火器に撃墜されるという失態が生じていた。すぐに対空火器は止まり、撃墜されたパイロットの救難が行われる。

シャーマン艦長にとっては最悪の展開だ。作戦直前に敵に発見され、迎撃戦闘機が一機失われた。被害を最小にするなら撤退するよりない。それが合理的な判断だろう。だがそれは、選択肢にはなり得ない。

日本本土にここまで接近しながら、さらに出撃準備を整えておきながら何もしないという選択肢は、シャーマン艦長にはあり得ないのだ。

「全機出撃せよ！」

こうなれば敵が防備を整える前に出撃し、一撃離脱で戻るしかなかった。もはや標的を選んでいる余裕はない。東京湾周辺の施設を攻撃し、帰還するのだ。

シャーマン艦長はそこまで理解していたわけではなかったが、この選択は日本にとって非常に効果的な目標選定だった。

輸送船舶は慢性的な不足状態で、鉄道網の輸送力も限界に近い。そのなかで港湾設備が破壊されれば、日本の物流には深刻な影響が生じただろう。そうでなくても日本はこの方面の機械化が遅れていたのだ。

最適な爆弾などを検討している余裕はない。いまの状態で出撃するのだ。

こうして攻撃隊は次々と出撃していった。

6

館山から出撃したのは、一式陸攻が二七機に一五機の零戦、さらに運用試験中の川西の局地戦六機だった。

局地戦が出撃するのは稀だったが、本土防空は局地戦の仕事といういささか強引な理由で出撃したのである。

空母レキシントンにとって、この攻撃隊は非常に悪いタイミングでやってきた。

千葉からやってきた航空隊と東京に向かう航空隊が正面からぶつかることはないのだが、首都圏には陸海軍航空隊の基地もあり、すでに迎撃準備に入っていた。

一方で、空母側は攻撃隊が出撃した後に館山の航空隊を発見したが、いまさらどうにもできない。ともかく迎撃戦闘機を出すしかなかった。しかし、その数は一〇機程度だ。

驚くことに、それでもシャーマン艦長は日本軍の攻撃隊をそれほどの脅威とは考えていなかった。航空機技術で日本はアメリカに及ばないという認識のためだ。

それに当時の認識として、軍艦の重厚な対空火器の前に攻撃機は近づけないという意見があり、彼はそれを信じていた。より正確には信じようとしていた。

攻撃隊にとって意外だったのは、零戦に先行して局地戦が先鋒を担う形になったことだ。近距離で高速展開するという局地戦の性質からいって、日本近海では真っ先に戦場に到達するのが局地戦というのは不思議ではない。

零戦隊にとって意外だったのは、比較的経験の浅いはずの局地戦六機の命中精度が信じられないほど高いことだった。

局地戦は三機一組で敵機に向かった。これは彼らの想定していたのが、Ｂ17爆撃機などの重爆であるためだった。

しかし、今回は空母艦載機の戦闘機だ。先頭の局地戦が銃弾を叩き込むと、それは吸い込まれるように迎撃機に命中して四散する。

もちろん百発百中とまではいかなかったが、通常の戦闘機よりも高いスコアを維持していた。驚くべきことに零戦隊がやっと交戦できるようになる前に、迎撃戦闘機の半数が局地戦により撃墜されていた。

残っていた五機の迎撃戦闘機を一五機の零戦で襲撃すれば、すべては鎧袖一触《がいしゅういっしょく》だった。

こうして制空権を確保したなかで、二七機の陸攻隊が空母レキシントンに向かっていった。

陸攻隊は一八機が爆弾、九機が航空魚雷を搭載していた。

空母レキシントンの一つの不幸は、彼らが警戒していたのは潜水艦であり、航空機ではなかった点にあった。ミッドウェー方面でも多くの艦艇が潜水艦に沈められている。

一方で空母ホーネットは、航空要塞であるラバウルの奇襲に成功した。これもあって空母の護衛は対潜重視になっていた。

陸攻隊の接近に対しては、敵に対空火器を向けるような運動をしていたが、日本軍機の性能を低く見ていたこともあり、彼らは横陣で火力を集中させる陣形を選んでいた。

ただこれはこれで、陸攻隊にとっては脅威となっていた。すべての艦艇の対空火器が一方向に指向されることは、そこをコースとする航空隊にとって弾幕の中を移動するようなものだからだ。

レキシントンの部隊はそうして待ち伏せるつもりで配置についていた。しかし、すでに丙型陸攻がその動きを電探により察知し、基地に伝えていた。陸攻隊に電探はなかったが、丙型の報告で十分だった。

空母の一五キロほど手前で陸攻隊は大きく針路変更を行い、護衛艦艇のほとんどいない方角から空母レキシントンへと突入していった。この針路変更は空母レキシントンの側でも確認されていたが、駆逐艦や巡洋艦の配置を転換するにはあまりにも遅すぎた。

さらに、巡洋艦一隻以外はレーダーが装備されていないので、ほかの艦艇は敵の動きをまったくつかめていなかった。

そうしたなかでレーダーを装備した巡洋艦だけが、陸攻隊に対して対空火器を向けて攻撃を開始した。

ただこの巡洋艦の中途半端な点は、確かに陸攻隊に向けて対空戦闘を開始したものの、配置については命令がないために現状維持であたったことだ。

もっとも、これを巡洋艦艦長の優柔不断と言うのは一方的すぎるだろう。

夜間に勝手に配置を転換すれば、僚艦との衝突だって起きかねない。自分たちはレーダーがあっても僚艦にはまだ装備されていないから、彼らが動くことで衝突リスクが高まることは否定できないのである。

だから対空火器の方向を変えるのが、唯一の選択肢であったのだ。

しかし結果的として、この判断は対空戦闘を混乱させるだけに終わった。ほとんどの艦艇が巡洋艦に引きずられるように対空戦闘を開始してしまったが、もちろんそこに日本軍機などいない。レーダーがないのだから当然だ。

ここにきて空母レキシントンから正しい情報が届いたものの、すでに対空戦闘の奇襲効果など雲散霧消していた。さらに日本軍機の詳細情報を周辺に伝える余裕は、空母レキシントンにはなくなっていた。

ほとんど護衛艦艇にさえぎられることなく、まず一八機の水平爆撃隊が空母レキシントン上空に到達する。

確かに空母レキシントンにレーダーは搭載されていたが、対空火器には連動していなかった。そして夜間であるため、照準を正確に合わせることは難しい。

昼間なら違ったのだろうが、そもそも夜間に襲撃されるとは考えていない。レーダーを搭載していない陸攻隊には、対空火器はむしろ照準を合わせる助けとなった。

一八機の陸攻隊は、次々と三六発の五〇〇キロ爆弾を投下した。

命中率は二〇パーセント程度であったが、それでも七発が空母レキシントンに命中した。この爆撃で空母レキシントンは一瞬にして火災に見舞われた。

しかし、彼女の不幸はそれで終わらなかった。九機の雷撃隊が迫っていたのである。

水平爆撃隊に注意が向いていたため、それらはまったく気づかれなかった。低空を接近したのでレーダーにも捕捉されなかったのだ。

なにものにも妨害されないまま雷撃を行い、六本の航空魚雷が命中した。この六本の雷撃が空母レキシントンの致命傷となった。六本の雷撃など、さすがにダメージコントロールで対処できるものではない。

まず機関部が浸水し、空母レキシントンは電力をすべて失った。

じつは消火作業にあたっていた将兵は、雷撃を受けた時も爆弾の誘爆と考えていたという。彼らが雷撃と知ったのは電力を失い、消火ポンプが止まった時だった。

火災の炎しかない状態で、空母の艦内は大混乱に陥った。すでに艦長より総員退艦命令は出ていたが、末端には届いていなかった。

しかし、そんな命令などなくとも、多くの将兵が脱出を試みていた。

それはそうだろう。艦内の電力は失われ、火災は消火できず、さらに急激に傾いているのだから。それでも決死的な覚悟で消火作業を行い、脱出ルートを確保している将兵はいた。

彼らが確保したルートを使って、艦内の将兵はともかく飛行甲板の上まで出た。

この段階で、空母は二〇度ほど傾斜していたが浸水も進み、飛行甲板と海面までの距離はかなり迫っていた。近くには救助のための駆逐艦も接近していた。

ともかく将兵たちは飛行甲板の傾斜から海面に飛び込み、可能な限りそこから離れようとした。沈没する空母に巻き込まれないためである。

この段階では一分、二分の差が生死を分けた。駆逐艦に無事救助されるものもいれば、空母から吹き上がる重油に巻き込まれつつも、なんとかボートにしがみつけたもの。あるいは重油のために呼吸困難となり死亡するもの。あるいは方位を見失い空母に向かってしまうもの。さらには転覆した空母が作る水流に飲み込まれ、海中に引きずり込まれるもの……。

それらは分単位、あるいは秒単位の決断をするタイミングの違いが生んだものだった。しかも、その結果の違いは生死を分けるものだった。

こうして空母レキシントンは沈没した。

7

空母レキシントンの航空隊は、移動中に母艦を失ったことを知らなかった。ただ自分たちが敵の偵察機に発見されたことで、迎撃される危険性は十分理解していた。

そんな彼らであったが、ここに致命的な見逃しがあった。空母レキシントンを発見した偵察機が、彼らを追うような形で飛行していたことだ。

丙型陸攻は電探で東京に向かう戦爆連合の存在

を察知すると、館山へ帰還する針路を変更し、敵戦爆連合を追尾する方向で針路変更を行った。夜間であり、しかも高度一万メートルを飛行する丙型の姿に気がつく艦載機はなかった。彼らはただただ前を見ていた。

この状況で最初に反応したのは横須賀方面の海軍航空隊で、特に川西の局地戦部隊が動き出す。それに続いて零戦隊も迎撃に出た。

最初に敵編隊と遭遇したのは追浜の局地戦六機だった。中途半端な数なのは、まだ試験配備のためである。

海軍航空隊にはいまもって軽戦主義の搭乗員が多かったが、局地戦の搭乗員たちはこれからの主流は重戦であると考えている者たちだった。それもあって局地戦の運用を誰よりも研究していた。

なによりも川西の局地戦は「照準器を中心に設計した」と言われるほどで、一〇〇〇人に一人の名人芸を望むことはできないが、若年搭乗員でも平均以上の命中率を実現することができた。

これは局地戦を運用する現場では非常に重視されていた点だ。照準器の精度が高いため、若年搭乗員に「名人芸」を教える必要がなく、短期間で戦力になる搭乗員を養成できたからである。

いまも出撃した六機の搭乗員たちは比較的経験が浅かったが、基本的な戦術は心得ていた。

彼らは丙型陸攻の支援を受けて有利な高度に待機すると、次々と敵機に向かってつるべ落としに銃弾を叩き込んでいった。

それらは戦闘機ではなく攻撃機に対して先制攻撃を仕掛けたため、緒戦から四機のＳＢＤ急降下爆撃機が撃墜される結果となった。

攻撃隊は何が起きたのかわからないでいるなかで、急上昇で機体を起こしてきた局地戦によりさらに二機が撃墜された。一分と経過しないうちに六機のＳＢＤ急降下爆撃機が失われたことになる。

これは攻撃隊のほぼ一割の戦力に相当した。

ここでＦ４Ｆ戦闘機隊が局地戦の迎撃に向かったが、局地戦隊はＦ４Ｆ戦闘機との空戦を可能な限り避けた。

これは巴《ともえ》戦に自信がないからではない。本土防衛という目的を優先するなら、なにをおいても攻撃機を減らさねばならないという考えからだった。

そこにようやく零戦隊が戦場に現れ、Ｆ４Ｆ戦闘機はそれらとの航空戦になった。

だが多勢に無勢であり、Ｆ４Ｆ戦闘機隊は壊滅的な打撃を受け、すでに沈んでいる空母へと帰還した。

こうして空母レキシントンの攻撃隊は、ただの一機も日本本土には到達できなかった。

ちなみに結果を言えば、陸軍航空隊は迎撃戦闘に参加しなかった。

館山航空隊から横須賀鎮守府に報告され、そこから各海軍航空隊に指令が飛び、そこから大本営経由で陸軍に話が飛び、さらに陸軍中央から当該部隊に指令が流れたが、陸軍機が飛び立った時には、すでに迎撃戦闘は終わっていたのである。

新聞等では海軍航空隊が侵攻する米海軍航空隊を討ち果たしたと盛んに宣伝されることになったが、もちろん大本営陸軍部としては、はなはだ不本意な状況である。

不本意な状況ではあるが、海軍航空隊に対して文句を言うこともできなかった。海軍側は適切な手順で陸軍部隊に通知しており、要するに問題は従来の情報伝達の手段が実情にあっていないということだ。

このため本土防空に限り、指定された陸海軍航空隊は、統一した防空本部の命令で敵航空隊を迎撃するという協定ができあがる。これはさらに沿岸防備の艦艇や、陸軍の自走式対空火器の運用も含む大がかりな組織へと発展するが、それはまた後のことである。

第2章　GFの反撃

1

昭和一七年三月九日、ラバウル。

時差の関係もあって、空母レキシントンが海軍航空隊に撃沈されている頃に、ラバウルの部隊も動き出していた。つまり、この段階においてラバウルは米空母による本土空襲未遂を知ってはいなかった。

ただ陸偵が発見した空母を撃破すべく、陸攻隊の出撃準備を整えていた。とはいえ、先日の奇襲の傷跡はいまだにラバウルには残っていた。当初、損害は比較的軽微と思っていたが、詳細を調べると予想以上に航空機材の消耗品が消失していたのである。

それはエンジン油とかパッキングレベルのものであったが、なければ飛行機が飛ばないものであった。

そのため出撃するにはパラオからの航空輸送を待たねばならなかった。そうしてラバウルの陸攻隊が準備を整えることができたのは九日であった。

正確には、八日の夕刻には準備ができていた。そこから先は夜襲になるが、それは陸偵が支援することで可能と思われた。

ところが、肝心の陸偵の整備が部品不足のために、やはりパラオからの航空輸送に頼らねばならなくなった。

　この時点で、陸偵の整備が終わる頃には夜が明けており、陸攻隊だけで攻撃可能と判断された。そしてこの段階で、彼らは空母レキシントンの本土攻撃未遂を知る。ラバウル攻撃の意味はそれで明らかになったが、そのことも彼らの出撃を遅らせた。

　敢闘精神の弛緩がどうのという話ではなく、十分な準備を行い、確実な撃破を目指したのだ。


　他方、混乱していたのは第五電撃戦隊と第六電撃戦隊であった。戦艦武蔵《むさし》と空母翔鶴《しょうかく》、戦艦大和《やまと》と空母瑞鶴《ずいかく》を有する強力な部隊は、パラオ防衛のために一旦はラバウルへと向かっていた。


　しかし、パラオ周辺海域での敵潜水艦などの活動が活発化したことと、空母ホーネットの通信傍受などから、ラバウルではなくパラオを一撃離脱するという分析が出てきた。

　潜水艦の攻撃から空母という流れは、ラバウルの奇襲と同じだからだ。そこで二個電撃戦隊はパラオを襲撃する敵部隊を求めて移動した。

　ところが、陸偵が空母ホーネットを発見したことで、敵がラバウルに向かっていることを知る。追撃は可能であったが、そこは時間との勝負であり、一つ間違えるなら逃げ切られてしまう状況にあった。

　ともかく彼らは米空母を目指していた。


　一方、空母ホーネットはどうか？　彼らは彼らで、日本軍に発見される前にサンディエゴに帰還することに神経を向けていた。そろそろレキシントンが日本本土を攻撃しているはずであり、それで自分たちの任務は完了したわけだからだ。

しかし、艦内は不穏な空気に包まれていた。レーダー手が「天使を捕捉した」と言い始めたのだ。

むろん、レーダーで再確認してもそんなものはない。問題のレーダー手も「天使を目撃したのは短時間であった」と主張していた。

ただ、米海軍将兵にとって「天使をレーダーが捉える」というのは不吉なジンクスとされた。それを察知したとされる有力軍艦が次々と沈められているからだ。

空母ホーネットのミッチャー艦長はこのことを重視し、問題のレーダー手を重営倉に送ったが、艦内の不穏な空気は沈静化するどころか、かえって広まっていく。

このことは空母レキシントンが沈没したという報告でいっそう強まった。これはミッチャー艦長が通信科に対して箝口《かんこう》令を敷いたことが逆効果だったためだ。

空母レキシントンについて知りたい将兵は少なくなく、彼らは艦内の暗い空気を日本本土空襲の成功という明るい情報で払拭したかったのだ。

しかし、箝口令の存在は作戦がうまくいっていないことを予想させるには十分だった。さらに通信科の将兵の沈痛な表情で、多くの将兵は何が起きたかを察知した。

それに空母には多数の無線機が搭載されている関係で、通信科の人間が多い。箝口令を敷いても、一人が漏らせばすべてが水泡《すいほう》に帰すのである。

天使と遭遇し、僚艦は沈められる。空母ホーネット艦内の空気は明らかに悪化していた。それでもというか、だからこそというか、楽観論を語る将兵もいる。

「敵が反撃を加えるとするなら、ラバウルからの距離を考えると、とうの昔に行われているはずだ。しかし敵襲はない。我々は十分にラバウルを叩いたのだ」と。

この意見は艦長をはじめとして多くの将兵に支持された。たとえそれが願望であったとしても。

そして、この状況でさらに別の戦力が動いていた。

2

この時、呂一〇〇潜水艦はミッドウェー島方面の配置から、真珠湾方面を偵察した後にラバウルへ戻るという不思議なコースで移動していた。これはラバウル奇襲以降にパラオ周辺が狙われるというＧＦの推測から、真珠湾方面での艦船の動きを探るという意味があった。

同時に、先の電撃戦隊の奇襲効果がどれほどのものかという戦果確認の意味もあった。つまり、軍事常識としては悪手だが、一つの作戦に二つの目的を持たせていた。

そうした宮山《みややま》潜水艦長の懸念は、残存魚雷がほぼないことだった。発射管に電池魚雷が二本。それが彼らの持っている魚雷のすべてだ。

理由は単純だ。任務が二転三転したため、母港に戻ることも潜水母艦から補給を受けることもできなかったのと、彼らがミッドウェー島方面で多くの戦果をあげたからだ。

　ほかの状況では望ましいことかもしれないが、呂一〇〇潜水艦は水中高速性能を追求したために、予備魚雷の搭載数が少なかった。少ないと言っても二本程度なのだが、いまこの状況ではその二本の存在感がとてつもなく大きい。

　宮山潜水艦長がそうまで魚雷の数を気にするのは、こういう時にこそ大物と遭遇するような予感がしてならないからだ。

　そして、その予感は当たった。

　陸偵が空母を発見し、その針路上に自分たちがいる。それでも宮山は、現実に自分たちがラバウルを奇襲した敵空母と遭遇することはないと考えていた。

　明るくなってからラバウルの航空隊が敵空母を撃破するはずだった。しかし、なぜかそのような報告はない。

　空母部隊も動いているはずだったが、それらについても情報はなかった。

　そうして時間だけが過ぎていく。それはつまり、敵空母を仕留めるのは自分たちとなる公算が高いことを意味した。

　その予想は当たった。

「電探に感度あり。敵大型艦船多数、接近中。問題の空母部隊と思われます」

　電探の示す距離と方位は、計算の上では遭遇してもおかしくない位置に空母がいることを示していた。

この時、呂一〇〇はシュノーケル航行を続けていたが、ここでクラッチを操作し、ディーゼルエンジンを発電機にのみ接続し、スクリューはモーターに接続した。これで水中音響はディーゼル推進より低下できるのと、急速潜航時の切り替えがすぐにできるからだ。

ただ、この状態だと発電量より消費電力量が大きいため、最後にはバッテリーがゼロになるが、それでも完全な電池駆動よりも数日は長持ちした。

少なくとも宮山の視点では、敵空母部隊は対潜警戒を怠らないように見えたが、駆逐艦の少なさは明らかだった。

「給排気管収納！」

そうして呂一〇〇潜水艦は完全に電池駆動となった。バッテリーは完全ではないが作戦には十分だ。

宮山潜水艦長は速力を維持しながら敵空母へと接近する。その間に敵駆逐艦の一隻に気取られたらしい。対潜警戒で動き出したが、それは米艦隊に混乱を拡大するだけに終わった。

敵駆逐艦は潜水艦を捕捉したと思って動いたわけだが、想定している潜水艦の速力と呂一〇〇の水中速力には倍以上の差があった。だから、駆逐艦が動けば動くほど見失ってしまう。

水中探信儀を使えば捕捉できることもあったが、それだけに混乱は僚艦にも伝染した。探信儀に反応が何度かあったが、水中速力が速いために見失ってしまう。

宮山潜水艦長は意図的に敵駆逐艦に発見される

ように振る舞いながら、彼らを巧みに空母から引き離していた。そして十分に距離が離れたと読んだら、最大速力で空母へと反転した。

時間的余裕がないことはわかっていた。こちらの存在は敵も知っているのだから、見失ったと思えばすぐに戻ってくるからだ。

駆逐艦さえ引き離せば、空母までは何もない。潜水艦の方位と速力を確認しつつ、潜望鏡で敵空母を見る。

「敵ヨークタウン級空母を認む。距離三〇〇〇、速力一五ノット、方位六〇度」

宮山は一瞬でそれらを読み取り、潜望鏡を下げる。ヨークタウン級空母の大きさはわかっているので、潜望鏡で高さを読み取れる。その高さから距離はわかる。

速度については艦首波を見れば、そこから推測可能だ。針路についてもヨークタウン級空母の全長はわかっているから、高さと潜望鏡から見える全長の比率から空母の針路も計算できる。

それらの数値は演算器にかけられて、すぐに射点の位置と発射タイミングが表示される。このデータにしたがって、魚雷発射管に二本の魚雷が装塡される。

宮山としてはもっと至近距離からの雷撃を仕掛けたいところだったが、敵駆逐艦の動きは執拗だった。通常ならもっと楽に逃げ切れるのだが、一隻だけ異様なまでに勘のよい駆逐艦がいたため、呂一〇〇が優位に事を進めているものの、時間的余裕を稼げなかったのだ。

彼としては不本意ながらも、確率的に作業を進めていくしかない。

そうしてついに呂一〇〇潜水艦はすべての魚雷を発射すると、一気に深度一〇〇メートルまで潜航し、そこからさらに最大速力で空母から離れていった。

宮山はその過程で、もっとも危険な駆逐艦へと針路を取った。それは一つの賭けだった。

時間になり、魚雷の命中音がする。一つだけだったが、状況からすれば上出来だ。そして、問題の駆逐艦は最大速力で空母へと向かう。

それが宮山の考えだった。俊敏なその駆逐艦なら空母が雷撃されたら、真っ先にそちらに向かうだろう。その瞬間だけ水中探信儀は水中雑音のため使いものにならない。

だから、そのタイミングで駆逐艦に正面から向かって行けば、水中と水上で二隻はすれ違う。

水中高速性能を知らない駆逐艦は、執拗なまでに空母周辺を探るだろう。そのことが逆に、彼らから呂一〇〇が逃げる時間を与えてくれることになる。

自分たちの周辺に駆逐艦がいないことを確認して、宮山は潜望鏡で空母を見る。

予想されたことだが空母は沈んでいない。火災の炎がわずかに空母の傾斜を見せてくれたような気がしたが、いずれにせよ空母は浮いており、航行を続けている。

「あと一本の魚雷さえあったなら！」

宮山はそう声をあげた。しかし、もはや彼らには一本の魚雷も残されていない。

3

「浸水箇所の閉鎖は完了しました。ただ速力は低下します。一二ノット以上に上げると、隔壁が破れる恐れがあります」

ダメージコントロール担当の将校からの報告は、ミッチャー艦長にとって憂慮すべきものだった。

ホーネットに雷撃を成功させた潜水艦は駆逐艦により撃沈されたと報告を受けているが、実際のところ確証はない。潜水艦の撃沈を確認するのは簡単ではない。逃げても沈んでも、敵は海中にいるからだ。

少なくとも周辺から追い出したことは間違いないだろう。ただ、敵は相当にできるやつだ。空母が手負いになったのなら、再度の攻撃を考えるはずだ。

ところが二度目の攻撃はない。それどころか、接近の気配さえないというのは、あるいは本当に撃沈されてしまったのかもしれない。

しかし、いまホーネットが考えるべきは日本軍による次の攻撃だ。

日本本土に向かった空母レキシントンは本土の航空隊により攻撃隊は全滅し、レキシントンも沈められたらしい。ミッチャー艦長が掌握しているのはそこまでだが、状況は予想がつく。

冷静に考えるなら、わかることなのだ。日本軍は真珠湾を痛打したが、なるほどハワイはアメリカ領でも本土とは大きく離れている。だから奇襲も可能だった。

しかし、同じような部隊編成で日本本土を襲撃すれば戦力の差は明らかであり、返り討ちに遭うのは必定だ。

日本軍の軍用機の性能がアメリカより劣っていたとしても、ホームグラウンドでは圧倒的に有利なのは言うまでもない。

つまり、この作戦は戦うべき相手と、使用すべき戦力の手段を間違えてしまったのだ。ただ、日本本土とラバウルは違う。彼らも攻撃隊を編成するだろうが、ラバウルは自分たちが爆撃を行った。いままで偵察機さえ飛んでこない（天使は偵察機ではないかという説もあったが、それだと日本軍機は非常識な高空を飛行していることになり、それはまずあり得ないと考えられていた）。

つまり、ラバウルもダメージを受けており、ここで敵襲があるかどうかは、ラバウルの回復力次第となる。

そして空母ホーネットは、ついに三月一〇日の朝を迎えた。

4

三月一〇日のこの時、第五、第六電撃戦隊は編成替えを行っていた。空母瑞鶴と翔鶴で第五航空戦隊を軍隊区分で編成し、先任の別役《べつやく》少将が第五航空戦隊の司令官となったのだ。

これは電撃戦隊を編成した時点で、こうした編成替えは自由にできることが決められていたので、なんら不自然ではない。

すでに第五航空戦隊では第一次攻撃隊の編成が

進んでいた。瑞鶴、翔鶴よりそれぞれ戦闘機、艦攻、艦爆が一〇機ずつの総計六〇機の戦爆連合が敵空母に向かうこととなっていた。

一時は敵空母に逃げ切られるかと思ったが、呂一〇〇の雷撃により敵空母の速力は低下し、攻撃可能となったのだ。

呂一〇〇は魚雷を撃ち尽くしたために再攻撃ができなかったが、遠距離から空母を追跡していたので、五航戦が敵の位置を過《あやま》つことはなかった。

呂一〇〇潜水艦は五航戦の存在を知ると距離を接近させ、敵空母の動きを知らせるようにした。

特に重要なのは、五航戦が接近した場合の敵の迎撃戦力の出撃だった。そのタイミングがわかるだけでも、五航戦にはかなり状況が違ってくる。

これら一連のやり取りは演算器に連動した新型の暗号機で交わされた。

電波の送信時間は一秒もないので、頻繁な通信のやり取りでも米空母部隊はまったく気がつかなかった。そのため自分らが監視されているという認識がなかった。

第一次攻撃隊が出撃した時点で、その戦闘序列は五機の戦闘機と距離をおいて四〇機の攻撃機、そしてその上空に一五機の戦闘機という配置だった。

これは最初の五機に対して敵空母が迎撃機を送り出したタイミングで、上空の戦闘機隊本隊が敵部隊を待ち伏せる配置を組むという作戦であった。

はたして呂一〇〇の報告を受けた空母瑞鶴、翔鶴より敵迎撃隊が出動したとの一報が入った。

敵の電探を前提とした作戦であるから、先鋒の戦闘機隊の後方に本隊がいることがすぐに知られるのは予想の範囲内だ。だが、作戦の骨子は迎撃戦闘機隊を、先鋒に反応したものと本隊に反応したものに分断することにある。

敵迎撃隊も距離が十分にあれば隊列を再編できただろうが、レーダーが捕捉可能な近距離であったために再編の余裕はない。迎撃戦闘機隊は前後二段に分かれる結果となった。

米海軍といえどもこの時点で、レーダーと艦載機の関係について十分な戦術的なノウハウは構築できていなかった。そのため先鋒の迎撃に向かった戦闘機隊に対して、敵戦闘機隊の本隊が待ち伏せているると伝えることができないでいた。

その結果、迎撃隊はいきなり上空から奇襲を受けることとなった。そもそも五機の零戦に対応するため、機体総数が一〇機に満たない。それに対して一五機の本隊が殺到するのだから、勝てるはずがなかった。

いきなりの奇襲で、迎撃してきたＦ４Ｆ戦闘機の半数が撃破された。混乱するなかで圧倒的多数となった零戦隊により残りの迎撃戦闘機隊は一掃された。

この状況で、五航戦の攻撃隊を迎撃すべく出撃したＦ４Ｆ戦闘機隊は最初から不利な状況に置かれた。

瑞鶴、翔鶴の電探は彼らを支援できなかったが、呂一〇〇の電探は迎撃戦闘機隊の動きを察知できた。あとはそれを瑞鶴や翔鶴が中継するだけである。

さらに悪いことに、この時期の米空母のレーダーは敵味方識別装置を装備していなかった。正確には、存在していたが機械的な信頼性が低いため使用されていなかったのだ。

空母ホーネットもそうだった。だから、レーダーでは敵味方の識別がつかなかった。

それにレーダーはアンテナを周回させて周囲の状況を把握するという構造からして、空戦の状況そのものを見ているわけではない。ある程度の経験と戦術眼がなければ、待ち伏せされていることがわからないわけである。

このため空母ホーネットのレーダーは、航空機が多数接近していることは捕捉できていたものの、それがなんであるかまでは掌握しきれていなかった。

敵攻撃隊の接近はわかったが、よもやF４F戦闘機隊が全滅しているとも思わず、また戦域の航空機自体は十数機が数を減らしている事実からも、押されてはいるが迎撃隊は依然として戦っていると判断していた。

しかも、五航戦はこのタイミングで雷撃隊と水平爆撃隊を分離するなどしており、これもまた敵味方の違いという印象を与える結果となったのだ。

この誤解は致命的な間違いだった。なぜなら、友軍機が敵機と混戦状態にあると判断されたために、高角砲などの対空火器を使えなかったからである。下手をすれば、友軍機を撃墜してしまいかねない。

この段階で、米空母はレーダーと無線室との連携が円滑とは言えなかった。情報は伝えられたが時間差がある。

そして、その時間差が命取りとなった。つまり、無線室は友軍機に早急に戦域から離れるように命じていた。返信はなかったが、彼らも友軍機が全滅しているとは思っていない。

さらに、レーダーの画面上で敵味方が分離しているとの誤った報告が入っていたために、対空火器の反応は遅れただけでなく、低空飛行に入った雷撃隊を友軍機と判断し、それらには何もしなかったのである。空母や護衛艦艇の対空火器は遅れたとはいえ、それでも激しいものだった。特に米海軍の駆逐艦は両用砲を装備しており、対空防御では強い存在感を示していた。

じじつ、これらの対空火器で艦攻や艦爆が何機か撃墜されている。

一方で、雷撃隊に対する反撃はほとんどなかった。攻撃は爆撃機のみで行われているとの先入観のためである。これには迎撃部隊がほぼ全滅したらしいことが、空母側にもわかってきたことへの心理的な影響もあったらしい。

ここで雷撃隊が空母ホーネットの右舷と左舷の両舷から雷撃を敢行した。

艦攻隊の魚雷投下は成功したが、空母ホーネットも遅まきながら雷撃機の存在に気がつき、回避行動をとった。

しかし、左右両舷からの雷撃を避けるのは不可能だった。左舷側の雷撃は完全にかわしたかに思えたが、それでも一発が命中してしまう。さらに転舵を行ったことで、右舷には四本の魚雷が命中することとなった。

じつのところ、この攻撃での水平爆撃隊や艦爆隊の戦果ははっきりしない。夜間でもあり、のちの搭乗員の証言をまとめても、三〇パーセントから七〇パーセントまで戦果の認識に差が生じていた。

さらに、この攻撃により空母ホーネットが轟沈してしまったことで、何にどれだけの損害を与えたのかがわからないことも戦果確認を難しくした。

空母瑞鶴と翔鶴の第一次攻撃隊はこれで任務を完了したが、すぐに第二次攻撃隊が残りの巡洋艦や駆逐艦への残敵掃討を行った。

こうして空母ホーネットとその部隊は全滅した。

5

三月一〇日、米太平洋艦隊。

空母による機動部隊で日本本土を攻撃するという作戦は、陽動作戦のラバウル奇襲こそ成功したものの、東京急襲は失敗したばかりか、貴重な空母は沈められ、成功していたかに見えたラバウル奇襲作戦でもまた空母も失われた。戦果に比して損失があまりにも大きいことは明らかだった。

この状況にニミッツ米太平洋艦隊司令長官は、根本的な戦術を練り直すこととした。もっとも厳密には、戦術の練り直しというより路線変更レベルのものである。

つまり、オレンジ計画の一気呵成に前進するか、それとも順次拠点を構築していくかの二つの選択肢のうち、前者をやめて後者でいくというものだ。

それは確かに選択肢ではあったのだが、すでに空母三隻を失い、艦隊上空の制空権確保も難しいなかでは太平洋艦隊を一気呵成に前進させるのは不可能であり、拠点構築を進めるしかないわけだ。

なによりも真珠湾が基地として使えるまでには一年、二年の時間が必要である。となれば選択肢もなにも、後者の方法しか実現できないのである。

幸いにも、ホワイトハウスはプロパガンダにもそこそこの能力があった。アメリカはジャーナリズムが発達していたので、事実無根の情報を流すことには強い抵抗があった。

しかし、事実を報道することに関しては報道機関の積極的な協力が得られた。このため日本軍の侵攻を食い止めなければ米本土が危険にさらされることを強く印象づける報道がなされることになる。

これには日本の大本営発表も結果的に協力することとなった。なぜなら、大本営海軍部は報道機関を傘下に置いているようなものであるから、積極的なプロパガンダが可能であった。

報道機関においても、そもそもジャーナリズムへの理解に乏しいから、宣伝戦に参加することにはほぼ抵抗がなかった。

大政翼賛会のメディア統制により、それまで一〇〇〇近くあった日本の新聞社は全国紙四紙と各地方に有力一社を置く体制が整えられ、すでに大多数の新聞社が統廃合されていた。だから、報道機関は大政翼賛会と共通の利害関係を持っていたのである。プロパガンダに反対するわけがない。

そのプロパガンダとは、「アメリカが講和に応じない場合には米本土攻撃もあり得る」というものだった。

大本営海軍部も、まだこの段階では米本土爆撃機の開発についてはほとんど知らされていない。ただ、そうしたものが研究されている程度の情報だけは把握していた。

このプロパガンダを米政府はそのまま活用し、国民に危機感と戦争協力への体制構築を進めたのである。

このような事情で、米太平洋艦隊は方針を転換したのであった。

「まず真珠湾の復旧ですが、攻撃前の状態に復旧するには一年が必要です。石油備蓄も含めるとなれば、さらに半年が必要でしょう」

それは海軍の土木技術者の発言だった。その技術者の分析そのものは、ニミッツ司令長官は先に聞いていた。

最大の問題は乾ドックだった。ドックの修理の前に、内部で破壊された軍艦を取り出す必要があった。

最初は解体して運び出すことが計画されていたが、あまりにも時間がかかるので穴だけふさいで海水を流し、とりあえず外に取り出すことが検討されていた。

ただ、その軍艦が軍艦として再生できるかといえば、それは不可能と結論が出ていた。機関部は使用不能なほどの惨状で、軍艦としての再利用は考えられなかった。あくまでも鉄の容器が浮くというレベルの話だ。

石油タンクの被害も予想以上に深刻だった。最初は地下化も検討されたが、時間がないということで見送られた。

問題は石油備蓄をいつから始めるのかで、こちらについては進捗次第ということだった。

「復旧工事までの基地機能としては、浮きドックとタンカーの常設、さらには工作艦の派遣により対応することが考えられます」

別の技術士官が先ほどの技術者の話を引き継ぐ。

　幸いにも補給拠点としての真珠湾のダメージは、造修施設こそ壊滅的だったが、その他の物資については早急に回復可能と見積もられた。

　まず空母航空隊の奇襲は航空基地が中心であったことと、戦艦の砲撃も遠距離であったため、物資の揚陸用のクレーンなどは奇跡的にほぼ無傷だった。

　物資格納用の倉庫類の再建は容易であり、さらにハワイ諸島に存在するほかの倉庫類を活用し、陸路で輸送することで物資補給に関しては、短期間で復興することが予想できた。

　したがって、真珠湾での船体の整備などに関して、その能力の低下は明らかであったが、燃料や食料などの消耗品の補給はそこまで深刻ではなかった。ここは合衆国の底力と言えるだろう。

　事態を冷静に分析した結果、真珠湾奇襲により米太平洋艦隊がその活動を停止するという最悪の事態は免れることは明らかとなった。

　つまり、米太平洋艦隊は投入するべき戦力さえ適切なら、まだまだ日本を痛打できるわけである。

　問題は、どこで何をするべきかであった。これには予想外の方向からの作戦依頼がニミッツに届いていた。

「国務省からの要請が届いている。現在、フランス領はヴィシー政権と自由フランス軍のいずれかにつくかで論争や対立がある。仏印などはヴィシー政府への帰属を明らかにしているが、ニューカレドニア島などは自由フランス軍支持を明らかにしようとしている。

　ここで、仏印総督府から日本に対してニューカレドニア島占領への協力が打診されている。ニューカレドニア島には戦略物資でもあるニッケル鉱山があり、日本軍が同島の占領に関心を示す可能性がある」

「それは我々がニューカレドニア島を保障占領するということですか」

幕僚の一人の質問に対して、ニミッツは首を振る。

「そんなことをすれば、我々こそがナチ同然の侵略者になってしまう。仮にニューカレドニアに兵を進めるとしても、それは日本がそこを占領した場合だけだ。

それよりも我々がなすべきは、日本軍のそうした動きを阻止することで自由フランス軍を側面から支援すること。それは日本軍への多大な負担増となるだろう。

すでにソロモン方面ではエスピリトゥサント島に基地建設を進めているが、我々はさらに歩を進める必要がある。

我々はまずガダルカナル島に基地を建設し、オーストラリアとの海上交通路の安全確保を行い、日本軍南下を阻止する拠点づくりに着手する。

現時点で、我々はこれ以上の空母喪失が許される状況にはないが、島嶼《とうしょ》の航空基地化は空母の穴を埋める航空戦力となるだろう」

「しかし島嶼帯の基地化では、日本軍の策動に対して機動力をもって対処できないのでは？」

別の幕僚がその疑問点を指摘する。それに対するニミッツ長官の返答は明快だった。

「我々は、敵がどこに現れるかで敵に裏をかかれた。しかし、敵が我々の拠点を攻撃するならば、我々は敵を探す必要はない。ただ敵がいつ現れるかだけを知ればいい。我々は、こちらの拠点に現れた敵を迎撃すればいい」

「つまり、敵に出血させると？」

「そして戦争の勝利とは畢竟《ひっきょう》、国力の差で決まるのだ」

6

ツラギ基地はこの頃、日本海軍の占領下にあったが、戦争とは比較的無縁な環境にあった。基本的に飛行艇の基地であり、偵察任務が中心であるからだ。

ただ当然のことではあるが、戦況と完全に無縁というわけではなかった。

その最たるものが飛行艇の稼働率の低下だ。敵軍も戦力に余裕がないのか、積極的にツラギに攻撃を仕掛けてはこない。その代わりラバウルからの輸送船を潜水艦で攻撃するようなことをしていた。

この影響で、まず補給物資が滞るようになった。顕著な影響は燃料に現れ、燃料不足から飛行艇の哨戒飛行はその頻度を落とさざるを得なかった。

ラバウル周辺の潜水艦はすぐに追い払われたが、今度はツラギ周辺に機雷が敷設され、輸送艦が物資もとろも沈没してしまった。

ラバウルの第八艦隊司令部はこの動きを、当初はツラギ奪還の兆候と警戒したが、連合国軍の積極的な動きは認められなかった。

ＧＦ司令部も輸送船を派遣したものの、機雷堰は予想以上に重厚だった。その輸送船も触雷で沈没し、緊急輸送で物資を送った駆潜艇がかろうじてツラギとの交通を維持していた。

司令部もツラギ周辺の徹底した掃海と大規模船団による補給が有効なのはわかっていたが、過日に奇襲攻撃を受けたラバウルの被害は予想以上に大きかった。

しかも、ラバウルに対しても潜水艦による機雷敷設が行われるなどしているため、ツラギに対する手配はほとんどできていなかった。

ちなみに、ラバウルに機雷敷設を行った潜水艦は帰路に電探に発見され、撃沈されている。ただそれが機雷敷設を行ったとわかったのは、触雷で貨物船が失われてからだった。

それでもGF司令部が余裕を持てたのは、駆潜艇による交通が可能な程度であっても移動はできたことと、飛行艇の燃料こそ払底状態ではあったものの、基地の人間が生活するための物資には余裕があったためだった。

ラバウルが片づけばツラギへの対応も可能になるが、それにはしばらく時間が必要だった。

冷静に考えたなら、GF司令部はどうして敵軍がツラギを攻略せずに偵察基地としての機能を奪うことでやめていたかをもっと分析すべきだった。ただ、GF司令部にとってのツラギの価値は、じつはそれほど重くはなかった。

敵軍の動きを牽制し、察知するための飛行艇基地なのは間違いないが、それもオーストラリア軍にここへ拠点を作られるのは不都合という部分が大きかった。

味方が占領してもそこまでの大きな価値はない

が、敵が占領しているのは困る場所、それがツラギだ。

それとは別に、ツラギの価値を減じたのは陸偵の存在があった。ツラギの飛行艇がなんらかの戦果をあげたことはほとんどないが、陸偵は開戦劈《へき》頭《とう》より多大な戦果をあげていた。

そのため海軍首脳も偵察の基軸は飛行艇ではなく、陸偵に置くようになっていた。だから、ツラギが使えなくても陸偵が飛べばいいという考えだったのだ。

ただ、ラバウルへの奇襲の関係と、稼働する陸偵と出撃要請のアンバランスからツラギが担当する部署への陸偵の出動も止まっていた。

ＧＦ司令部の判断としては、ツラギ奪還すらできない敵軍なら、この方面での活動はない。そうしたものだった。

誰もガダルカナル島には注目していなかった。

7

ツラギとガダルカナル島の距離は、直線で三〇キロ程度しかなかった。そのことは米海軍関係者も十分理解していた。

このため滑走路を建設するシービーズの船舶は分散してガダルカナル島に接近し、順次揚陸を進めていた。

最初に行ったのは、建設予定地までの道路建設と最初の施設建設現場の啓開であった。道路と倉庫と宿舎ができてから計画通りに人員を増やし、それに応じた居住設備も整備されていく。

こうした動きにツラギ基地が気がつかなかったのは、シービーズなどの設営部隊が滑走路よりも先に、まず作業に従事する人間の居住施設の設定を行ったからだった。

これとは別に、サボ島沖合には巡洋艦と駆逐艦による小部隊が展開していた。巡洋艦にはレーダーが搭載され、これはラバウルからの偵察機に備えたものだった。シービーズにレーダーはないのと、ガダルカナル島での動きは極力察知されたくないからだ。

ツラギから動きが気取られないよう、ガダルカナル島では海岸から奥まった部分では夜間でも作業が行われていた。

照明には細心の注意を払っていたのと、ジャングルの中では作業の騒音も照明も海岸へは届かなかった。そこでの活動は上空からでなければわからなかっただろう。

シービーズは現地の木材なども活用して住居と倉庫を作り上げ、そこからはまず物資の備蓄と施設の充実を優先した。そうした福利厚生や衛生面が将兵の稼働率に大きく影響することを知っていたからだ。

工事の初期段階で食堂や病院が開設され、機械類の整備工場なども整備されていく。発電設備も設定されると施設内に電話も整備されていく。無線設備も正副二箇所が設定された。

ここまで整備されても、海岸からは内陸部の活動を見抜くことは難しかった。海岸から三本の道路が作られたが、それも道路が存在するとわかっていなければ、海上から発見するのは難しいものだった。

　こうした米軍の動きにツラギは何も気がつかなかった。

　海岸を見た程度では内部での活動はわからないようにシービーズが活動していたこともあるが、ツラギから飛行艇は飛ばせず、その活動を知ることはできなかった。

　一方、ＧＦ司令部も隣接するツラギから何も報告がないため、ガダルカナル島での米軍の動きを十分に把握できていなかった。

　ただ、彼らはサボ島沖の米軍艦艇の動きは把握していた。

　しかし、これらに対してもガダルカナル島の部隊との関係までは考えなかった。むしろラバウルの動向を探るために活動しているのではないかと解釈されていた。

　つまり、レーダーでラバウル方面の航空隊の動きを知ろうとしているというわけだ。

　航空隊の動きなら、ラバウルに接近せずともレーダーでわかる。当然のことながら巡洋艦部隊は移動していたわけだが、それさえもラバウルの監視と解釈された。

　そのためラバウルはあえて航空偵察の頻度を下げていた。自分たちがどの程度の復興を遂げたのかを把握できないようにするためだ。

　結果として、ラバウルの第八艦隊司令部もＧＦ司令部も、ガダルカナル島に航空基地が建設されていることにまったく気がついていなかった。

　ラバウルとＧＦの司令部の目は、むしろポートモレスビーを向いていた。そのことも諸々の遅れの原因となっていた。
そうして六月六日を迎えることとなる。

8

三月中頃から五月末までの二か月ほどのあいだ、ラバウル周辺は比較的静かであった。むろんそれは相対的なものであったが。

まず、日米双方とも戦力の再編を行わねばならない事情があった。米海軍は真珠湾の再建と失った有力軍艦の穴埋め、日本はラバウルの再建である。

皮肉なことに、日本海軍は大破した有力軍艦はあっても失った軍艦はなかったことが小康状態を招いていた。金剛《こんごう》型戦艦二隻は空母化が進められていたが、この作業で大型ドック二つがふさがっている。

そして、戦闘による損傷艦は増えているため、造修作業の負荷の増大が起きていた。さらに電撃戦隊の活躍の結果として、それらの出動が増えていたが、それは大量の補給物資の消費増大を意味した。

日本は輸送船舶の増産を図っていたが、現状では船舶輸送はかなり緊張状態にあった。

さらに、パラオ方面など南方での防衛の弱点も指摘され、そちらへの対応も緊急に必要となった。これもまた、ミッドウェー島・真珠湾奇襲作戦が結果を出したことが影響していた。

つまり、本格的な艦隊の侵攻は遠のいたとしても、米太平洋艦隊がゲリラ戦を仕掛けてくる可能性はむしろ高まった。

　このため艦隊戦なら予想できた敵の動きも、ゲリラ戦となると著しく困難になった。そもそも、それこそがゲリラ戦なのだ。

　要するに、戦艦を動かすとなるとさまざまな要素が関係し、その行動には制約も生じるため行動範囲や選択肢は限られる。

　しかし、それが一隻の潜水艦となれば、備砲を何発か撃って逃げるような戦術も可能だ。相手を疲弊させるのが目的なら選択肢は少なくない。

　こうしたことが防備の手薄な要地に対する防備強化の動きとなり、それらすべてがラバウルでの戦力再建の足かせとなった。

　良くも悪くも日本海軍もまたお役所であるので、「ＧＦばかり贔屓《ひいき》する」わけにもいかず、戦力配分は「平等に」行わねばならない状況もあった。

　むろん、戦力の中身は「常識的な範囲」であって、島嶼に空母は張りつけられず、二線級の水上機配備にとどまることもあった。

　ただ、そうした複葉水上機が現実に敵潜水艦を撃沈するようなことも起きており、この面の戦力強化には確かに説得力があった。

　ラバウルの問題を複雑にしているのは、ラバウルそのものにも原因があった。それは、彼らが基地再建と並行してポートモレスビー攻略を計画していることだった。

　これはミッドウェー島、真珠湾はいずれも奇襲だけで兵力の上陸はなかったことから、敵はポートモレスビーへの攻撃もまた陽動作戦と判断し、反攻が遅れるとの予測に基づいていた。

多分に願望の投影に近い感じもするが、ラバウルの第八艦隊司令部の空気はそうしたものだった。

このことの影響をもっとも受けたのは陸偵隊だった。

試製彩雲は試製の二文字が取れて彩雲陸偵となった。これに伴い旧式の零式陸偵は日本に戻されて解体された。搭乗員に高度な技量を要求するために運用が難しいことと、整備面での負担も少なくないからだ。

初期型の零式や二式は言ってしまえば、アメリカ爆撃機開発のための気密室などの基礎技術開発に必要だったものであり、陸上偵察機としての運用面では彩雲のほうがずっと戦力化しやすかったのである。

簡単に言えば、零式陸偵は名人が整備して名人が操縦しなければ戦力にならなかったが、彩雲はそこそこの技量があれば整備も操縦も可能であった。なにより彩雲なら単座で飛べる。

もっとも、現場からは操縦員の負担が大きすぎるとの声もあがっており、複座機型の彩雲甲型も開発されていたが、とりあえずラバウルにはまだない。

正確には彩雲乙型が制式採用され、こちらが量産機となる。複座の甲型は特殊用途として用いられるが、基本現存機以上は量産されないこととなった。

理由は搭乗員不足であることと、長距離・長期間の偵察なら開発中の四発機を転用するほうが合理的との判断からだ。

この機種変更はラバウルの航空隊再建のなかで

行われたが、結果として陸偵の活動も一時的に低調になっていた。

　こうした状況で塚本海軍大尉は、ポートモレスビーへと彩雲を飛ばしていた。

　自分からは電波を出さず、あくまで写真撮影と電波受信に徹する。飛行時は太陽を背にするように接近することも心がける。

　これは敵信傍受で「いわゆる天使は太陽の電波が関係しているらしい」との内容のものが認められたためらしい。

　イギリス軍を中心として、太陽電波が電探に影響するという研究まであるらしく、じっさい技研でも太陽から電波が出ていることは確認されているとも聞いた。

　だから太陽を背にして接近するのだ。ただしそれは方位だけで、高度は高高度を維持している。

　とりあえず、陸偵の接近で異変はない。ただ、重爆を中心に攻撃機が増えている。近いうちにラバウルへの侵攻があるのは間違いないようだ。

「ならば、こちらが先行するまでだ」

　塚本海軍大尉は思う。それはラバウルの第八艦隊司令部も同様だった。そう、この時までは。

第3章　ソロモン異変

1

昭和一七年六月六日、ラバウル。

川西が開発していた局地戦闘機は、いくつかの実戦経験とそれによる改良を経て、局地戦闘機紫《し》電《でん》として制式採用されることとなった。

これに伴い量産が開始され、川西は飛行艇の生産を終了する一方で、一部の水上偵察機を除くとすべての航空機生産を紫電に集中した。

川西ではそのために日本能率協会の指導などを受け、海軍式一号演算器を利用した工作機械を本格的に導入した。

この面では川西のほうが三菱や中島に先んじていた。これは照準器に演算器を導入した経験と人員の募集で、前二社に勝てそうにないと判断されたからだ。人員不足を解消するためには機械力を使わねばならず、その方策の一つとして自動盤の類を積極的に導入する一方で、機体に使う部品数の減少も考慮された。

航空機産業には製造現場で、大きく部品製造と部品の組み立ての二つの流れがあり、組み立てを自動化するのは困難なので、部品製造の自動化・機械化に傾注したのである。同時に全体の設計も、組み立てやすい構造を部品レベルから織り込んだ。

これは前線での整備性を考慮したものであったが、結果として生産性も向上した。それはそのまま稼働率につながる。

もちろん、部品製造に機械化を導入したと言っても、組み立ても完全な手作業だけではない。まず理想的な工程管理については何度も計算して、最適な機械類の配置が検討された。

また、一つの作業工程が終わるとボタンが押されて演算器に信号が走ったが、工場全体でそれを計測することで、いま現在の工程の進捗と遅れている工程や部署を即時に把握することができた。

これにより工程が遅れているところに軍隊の予備兵力的なチームを投入し、遅れを取り戻すことができた。さらに、仕事の速いチームと遅いチームでは明確に給金の差が生じていた。これが刺激となり、生産性の向上にも寄与していた。

それらが可能なのも部品の内製率と機械化率が高かったためで、下請け工場の影響をほかの航空会社より受けることがなかった。

このような背景もあって、この時期のラバウルには総計七二機の紫電が配備されていた。この数は零戦よりも多い。一つにはラバウルの防備を固めるという意図があり、そのためには制空戦闘機よりも局地戦を優先することとなった。

もう一つは搭乗員の問題だ。照準器が機体設計と一体化していることと、重武装で一撃離脱するという戦い方は、軽戦闘機で名人芸的な空中戦をする熟練者には嫌われた反面、新人の搭乗員には戦術のわかりやすさから好まれた。これは搭乗員を大量養成するという面では非常に有利な点である。

そもそも紫電の開発の背景には、経験の浅い搭乗員でも戦力化するというのがあり、それが成功したために工場で量産した紫電には、同じ数の搭乗員を確保することができたのだ。

結果的に人員補充の観点からも、ラバウルは紫電が中心となる。

ただ、これは悪いことではない。零戦でなければできない任務もあり、紫電と零戦で役割分担することで熟練搭乗員の損耗率も減るし、十分な錬成時間も確保できた。

そしてこの六月六日は、その局地戦部隊にとって緊張の場面が訪れていた。

ラバウル側からポートモレスビーへの攻撃はまだ可能な状況ではなかったが、ポートモレスビー側はラバウルの態勢が整う前に攻撃をかけようとしていた。

この状況で彩雲は順次警戒にあたっていた。ただ、機密性のきわめて高い飛行機ゆえにポートモレスビーに常駐するのではなく、敵の電探の有効範囲よりも離れた空域で待機していた。

その彩雲から敵重爆部隊出撃の報告があったのだ。それはB17爆撃機ばかり二四機によるもので、護衛の戦闘機はなく、損失を避けるために六〇〇〇メートルほどの高度で飛行していた。

このあたりは彩雲にとっては厄介な高度だ。直上を飛行すれば、自分らの四〇〇〇メートル上空を飛行機が飛んでいることがわかってしまう。なので編隊の直上には接近しなかった。そうしなくても、機載の電探で敵の編成などはわかる。

ある程度まで敵重爆部隊が接近したところで、

紫電は出撃していった。

　彩雲に的確に誘導され、一二機を一団とした集団が五個集団、六〇機が位置につこうとしていた。定数は七二機だが、残り一二機はラバウルに待機している。

　五つの集団は重爆隊より高度をとり、側面から後方にまわり込むように移動していた。そうして重爆隊に対して、五度にわたる波状攻撃を仕掛けるのである。

　彩雲は無線電話で、紫電の隊長機に重爆隊との位置関係を伝える。電探では集団の位置関係しかわからないが、個々の動きは隊長機の判断に委《ゆだ》ねるしかないだろう。

　そして、電探によれば紫電の五個集団は巧みに重爆隊の後方にまわり込み、速度を上げて接近している。

　重爆隊と紫電隊の識別は、ある段階から先は電探ではできなくなった。それでも編隊が遭遇したであろう空域にいくつもの光が見え、さらに黒煙を曳いて高度を下げていくものがある。

　どちらが勝っているのか、彩雲の位置からはわからない。無線電話の会話を聞いても、集団内の共通のやり取りなので、いくつか波長を変えても全貌はわからない。緊張した言葉のやり取りによると、被弾した機体もあるらしい。

　その間にも何機かが墜落していく。重爆や紫電は散開しているのか、電探でも状況を読み取るには至らない。

　基本、彩雲の電探は敵の有無を判定するためのものであって、戦況分析が可能なほどの精度はない。画面は計器盤の一角を占めるだけなのだ。

無線電話からは緊迫した会話が聞こえている。そして彩雲の操縦員は悟った。紫電隊の状況が不利ならば、こんなに長時間の交信が続くわけがないことを。

局地戦は生存している。生存しているからこそ、交信が続いているのだ。それが緊迫したやり取りのものであったとしても、彼らはまだ生きている。

じっさい電探の画面の中では光点が散開したままであったが、それも順次秩序を取り戻しつつあった。

いくつかの光点は編隊を再構築しつつある。そして、全体の数は著しく少なくなっていた。

ほとんどの光点がラバウルに向かうなかで、ラバウルからポートモレスビーに向かっていく光点も目立った。損傷した重爆は基地に帰還していった。それは当然のことであり、非難されるようなことではない。

ただ、ラバウルに向かう重爆が減ることは、作戦可能な重爆への圧力を強める結果となった。紫電の部隊が編隊を組み直し、残存の重爆を各個撃破していく。重爆隊はすでに組織として機能できず、友軍機との相互支援もできない状況だった。

そうして無線電話の会話はピタリと収まった。何機かの重爆が撤退し、残りは撃墜された。ラバウルは守られた。

それでも油断はできない。敵軍は第二陣を送ってこないとも限らないのだ。

ツラギが攻撃されたのはこんな状況下であった。しかし、誰もそのことの意味を正確に理解しなかった。

ツラギ攻撃は、ポートモレスビーからのラバウル侵攻を側面から支援するための助攻である。第八艦隊司令部の多くの人間が、そう解釈していた。

2

六月六日、ツラギ。

この時期のツラギ基地は、必ずしも規律が厳格には動いていなかった。飛行艇が飛べない水上機基地では、士気を維持するのも容易ではない。大きな基地なら対応策もあるが、小さな基地では限度もある。

さらに、哨戒艇が来るたびに何人もの人間がラバウルに戻っていった。これもまた当然の話で、搭乗員や整備員は慢性的に不足しており、経験者を遊ばせておく余裕などない。

結局のところ、無理にツラギを維持するよりも、とりあえず最低限度の人間で占領を続けて、敵が利用できなくするのが最善というのが暗黙の了解になりつつあったのだ。

そのため航空隊関係の人間は移動し、飛行艇が一機だけ残っていた。これも次の補給で燃料を入れたら、最後の搭乗員で帰還することになっていた。

ツラギ基地の士気を維持することが難しかったのは避けがたい。そうしたなかで、大発でガダルカナル島へ探検に行こうとした連中もいた。それこそが規律の弛緩の最たるものだろう。

じっさいは探検というより、大発で漁をするというものだった。それも釣りをするような悠長なものではない。ダイナマイトとか手榴弾を海に投げ込んで爆発させ、浮き上がった魚を捕るというものだった。

ツラギの近場で漁をしているあいだは基地からも爆発音が聞こえ、隊員たちも帰還した大発の戦果に舌鼓を打った。

しかしその翌日、彼らは帰還しなかった。ガダルカナル島に向かった大発はそのまま行方不明になり、ツラギに向かっていた哨戒艇が大発の残骸を発見していた。

さらに、ツラギ基地の海岸には乗員たちの遺体が流れ着いた。

状況の不自然さはあったが、基地の指揮官はその不自然さを調査するのではなく、大発の使用を禁止した。これにより士気はかえって悪化した。

そうした朝のことであった。

ツラギの将兵は、まず無線装置が破壊されていることに気がついた。無線機そのものではなく、アンテナ線が切断されていたのだが、修理に時間がかかるのは明らかだった。

さすがに幹部たちは、士気の弛緩がこうしたサボタージュに等しい行為に結びついたことを無視できなかった。

すぐに全体集会が招集される。将兵たちも尋常ではない事態に緊張を隠せなかった。

当然だが、幹部たちはこのことをラバウルには報告しなかった。規律の弛緩をわざわざ報告する必要はないと考えたからだ。

そうしたなかで整列する将兵たちは、多数のエンジン音が接近してくるのを聞いた。

「友軍機か？」

敵機とは思えなかった。敵空母が接近しているという情報はなかったからだ。しかし、友軍機が来るとも思えない。そもそもこれは飛行艇などの音ではない。

「敵襲！」

誰かが叫ぶと同時に、ＳＢＤ急降下爆撃機の一団が爆弾を投下した。ほとんど無抵抗ななかでツラギの水上機基地は敵機の攻撃を受け続けた。

最後の飛行艇は破壊され、基地施設も木っ端微塵となった。ただ、敵機は施設破壊に集中していたためか、将兵の死傷者はそれほど多くはなかった。

だが、基地機能は壊滅的な打撃を受け、救援を呼ぶこともできず、死者の多くはそれが理由で命を失うこととなった。


ラバウルがツラギの攻撃を知るのは六月八日であった。六日から七日はポートモレスビーとの戦闘でそれどころではなかったためだ。八日にしても、ツラギとの連絡がつかないことが問題となったのだ。

本来なら陸偵を出したいところだが、ポートモレスビーへの備えのため、ツラギに陸偵を割くわけにはいかなかった。無線機の故障の可能性もあるからだ。そのため移動中の哨戒艇に調査が命じられた。

そうした哨戒艇がツラギに向けて航行中に、サボ島で米軍艦艇と遭遇する。

巡洋艦と駆逐艦二隻の小規模な部隊であったが、哨戒艇一隻では勝ち目がない。しかも巡洋艦はレーダーを持っていたため、待ち伏せされる結果となった。

　およそ一〇分ほどのあいだに哨戒艇は砲撃を受け、沈没してしまう。

　ラバウルの第八艦隊司令部は、これらの部隊がツラギを襲撃したのではないかと考えた。ガダルカナル島のことを考慮に入れなければ、これがもっとも自然な解釈だった。

　ラバウルが空母部隊の奇襲攻撃を受けたことを考えるなら、それらの巡洋艦が再びゲリラ戦を展開することも十分あり得た。

　ツラギが敵巡洋艦に襲撃されたのかを確めるため、ラバウルの艦隊司令部はここで陸偵ではなく飛行艇を二機、ツラギに向けることになった。飛行艇は陸偵の補助的な役割をするか、改造されたものが空中給油機（とはいえ、彩雲は空中給油は考えられていなかった）としてあるだけで、髀《ひ》肉《にく》の嘆をかこっていたのである。

　それに、襲撃されたら医療品なり食料が必要とも判断されたためだ。

　こうして飛行艇がツラギに接近しようとした時、これらの飛行艇隊は突如としてＦ４Ｆ戦闘機隊の攻撃を受けた。

　一〇機ほどのＦ４Ｆ戦闘機が次々と飛行艇を襲撃する。飛行艇も果敢に反撃するが、多勢に無勢で、二機の飛行艇は奮戦むなしく撃墜されてしまった。

　ただ、このことはラバウルの第八艦隊司令部にも報告されていた。

3

六月九日、ラバウル。

三川軍一《みかわぐんいち》第八艦隊司令長官は、状況をどう解釈すべきか悩んでいた。

ポートモレスビーの連合軍がラバウルへの攻勢を強めていることは明らかだ。一方で、ツラギは攻撃されたらしく、さらに救援の飛行艇は敵戦闘機に撃墜された。

その戦闘機はＦ４Ｆ戦闘機であったが、それは空母艦載機でもある。このことが三川司令長官を悩ませた。

「米空母が活動しているという兆候はないのか？」

三川長官は敵信班に確認する。

「はい。現在、米海軍は手持ち空母を温存していると思われます。空母の通信傍受から判断して、太平洋艦隊の空母はサンディエゴと真珠湾に在泊中です」

「すると、この方面で敵空母は活動していないと判断していいのだな」

「はい。そう考えられます」

「そうなると、ガダルカナル島に航空基地でもあるというのか？」

合理的解釈は一番近いガダルカナル島に基地が存在するということになる。そうでなければ、飛行艇があの場所で撃墜されるはずはない。

しかしその場合、大きな疑問が生じる。目と鼻の先にあるツラギが、ガダルカナル島の基地建設について何も気がつかなかったという事実である。

「ツラギは飛行艇基地であるのに、どうしてガダルカナル島の基地建設に気がつかなかったのか？」

それは三川司令長官ならずとも抱く疑問であった。しかし、航空廠の関係者が指摘する。

「ツラギは補給が最低限度にも到達せず、基地機能は停止状態でした。彼らは基地を維持するのが精一杯で、不本意ながら哨戒飛行などできる状態ではありません」

さらに別の艦隊司令部の参謀が、ツラギは当面は維持するだけという方針だったことを三川司令長官に指摘する。

確かにそれは、三川司令長官も了解した案件だった。それだけツラギの現状に対する興味が薄かったということである。

そうした視点で考えるなら、ツラギの補給が細っていった時点で、敵軍はこの邪魔な基地を無力化しようとしていたことになる。それこそが、ガダルカナル島に基地が建設されていることの傍証である。

「ともかく、ガダルカナル島に敵の航空基地が存在することは、ラバウルにとって大きな脅威です。早急にこの基地への対処をすべきです。ポートモレスビーと呼応して攻撃された場合、非常に厄介です」

参謀長の指摘は当然のものだった。

しかし第八艦隊には、いま有力軍艦がない。電撃戦隊も整備のため日本に戻っていた。連日の連戦を考えれば当然であるし、空母搭乗員の錬成の問題もあるからだ。

だが、トラック島に問い合わせると電撃戦隊を一つ出せるという。

「そんな部隊があるのか？」

三川の問いに参謀長は答える。

「第七電撃戦隊です」

4

大破した金剛型空母二隻が驚異的な速度で空母に改造できた背景には、ブロック工法という新技術の採用と空母運用での割り切りがあった。

戦時下である。完璧な空母として完成させることよりも、空母として戦力化できることが優先されたのだ。

このため艦内のレイアウトには、細かい点では戦艦時代の名残をそのままにしてある関係で、使いにくかったり、無駄な機構も散見された。

しかし、空母としては運用できたし、不都合な点はこの先の定期的な整備で改善されることが決まっていた。

これに伴い電撃戦隊の構成も変化した。

まず、第七電撃戦隊が新編される。これは戦艦霧島《きりしま》と装甲空母比叡《ひえい》によるもので、どちらも金剛型戦艦をベースとしているため、さまざまな場面で共同運用が可能と判断された。

また、従来の第四電撃戦隊も戦艦榛名《はるな》と装甲空母金剛の二隻に改編された。ただ六月九日の時点で、金剛の空母改造は最終段階ではあるが、まだ終わっていない。

こうした改編の影響を受けたのが第五と第六電撃戦隊だった。空母と行動をともにできる高速戦艦が装甲空母化で二隻減ったため、第五電撃戦隊は戦艦武蔵に空母蒼龍《そうりゅう》と飛龍《ひりゅう》という戦艦一に対して空母二となった。

　第六電撃戦隊も戦艦大和と空母瑞鶴と翔鶴という、これも戦艦一に対して空母二の編成となった。

　軍令部や海軍省は、この第五、第六電撃戦隊の編成を一時的なものとしていたが、大和型戦艦の建造を中止しているなかで、高速戦艦が増えるあてもなく、この編成はこのまま続くという暗黙の了解もあった。

　もっとも重巡二隻に空母二隻、あるいは重巡一隻に空母一隻という電撃戦隊構想も議論されていた。ただ、この構想では巡洋艦の役割が不明確であり、具体的な編成などは研究されていなかった。

　これは巡洋艦の用途は多岐にわたり、その運用の自由度を確保しておきたいという思惑でもあった。逆に、戦艦については航空戦が重要な今日、その用途が不明確になっているという事情もあった。

　言い換えるなら、電撃戦隊は戦艦の今日的な価値を提示している編成とも言えたのだ。それが証拠に伊勢《いせ》、日向《ひゅうが》、扶桑《ふそう》、山城《やましろ》らの戦艦については、どのように運用すべきか、軍令部も連合艦隊にも明確な構想がなかったのである。

　これら四戦艦を遊ばせる余裕が日本にあるはずもなく、とりあえずいまは船団護衛の指揮艦として運用されていた。それが最善かはわからないが、遊ばせているよりましである。

5

ラバウルに向かっている第七電撃戦隊は鬼沢《おにざわ》司令官が指揮を取り、塚岡《つかおか》大佐が先任参謀であった。戦艦霧島は山口次平《やまぐちじへい》艦長、空母比叡は西田正雄《にしだまさお》艦長である。西田艦長は戦艦比叡からそのまま継続していた。

艦長だけでなく、乗員の多くが戦艦時代の人間だ。簡単に言えば、艦内編成としては砲術科が異動して、航空科が乗り込んできたようなものだった。

「ガダルカナル島の調査をしろというのか？」

鬼沢司令官は戦艦霧島に将旗を掲げていた。こちらのほうが通信条件がよいためと、比叡の改造に時間がかかったためだ。

「必要なら攻撃を仕掛けてもいいそうです」

「してもいいとは、曖昧な命令だな」

「明確な命令を出せるほど状況がわかっていないためではないでしょうか」

「要するに、威力偵察ということか」

鬼沢司令官はそう解釈した。

ラバウルの航空隊はポートモレスビー攻略を視野に入れており、航空戦力を温存しようとしていると聞いていた。だから、ラバウルからガダルカナル島へは偵察機などを出さないのだろう。

対するに第七電撃戦隊は戦艦と装甲空母であり、敵の攻撃には抗堪性《こうたん》が高いというわけだ。

ただそれは、いささか甘い見積もりであるように鬼沢司令官には思われた。なぜなら、航空機で戦艦が沈められるという事例はすでにあり、装甲軍艦だから安全という根拠はないからだ。

とはいえ、空母比叡に関しては抗堪性は高いと言われていた。それは装甲のためではない。一度大破しているから、どこが弱点かわかっており、そこが強化されているためだ。主に応急の改善だが、沈みにくいという点では大きく改善がなされている。

もう一つは、空母比叡の艦載機がすべて川西の紫電であることだ。つまり、局地戦しか載せていない。

これは比叡と霧島という高速戦艦を用いたがゆえの新戦術の実験のためだ。

攻撃という点では、電撃戦隊は空母のリーチの長さと、戦艦の火力という二種類の力が行使できる点に特色があった。

しかし、空母攻撃中は戦艦の火力は使えず、戦艦の砲戦では空母はむしろ戦域から離れている傾向があった。空母と戦艦が両方で攻撃を仕掛けるという局面は、かなり稀なのだ。

空母比叡にしても将来はともかく、現状では中型空母程度の航空機しか使えない。打撃力には限度があるが、防御力は空母としては高い。

そこで軍令部や連合艦隊司令部は、第七電撃戦隊（と新編された第四電撃戦隊）では打撃力の主軸を戦艦に置き、戦艦の火力と機動力で敵に一撃離脱の火力を浴びせることとなった。

そして空母の艦載機は、敵空母の攻撃機を戦艦に接近させないことに特化するのだ。つまり、制空権下の艦隊決戦という日本海軍のドクトリンの規模を縮小したものをここで実現しようというのである。

　五〇機近い局地戦が戦艦周辺を警護するという鉄壁の守りがあれば、たとえ敵航空隊が重爆部隊でも突破は難しいわけだ。その制空権のなかで敵戦艦なり敵空母なりを痛打すれば、敵を撃破できるという戦術である。

　このように火力を戦艦に集中させているからこそ、艦載機はすべて局地戦にできるのだ。

　もっとも、空母比叡に攻撃能力がまったくないというのも言いすぎだ。

　局地戦も一二五キロまでの爆弾は投下できるので、駆逐艦や巡洋艦、あるいは商船相手なら十分脅威となるし、条件がよければ敵空母の飛行甲板を潰すこともできる。

　もっとも、そうしたことを考えると、ガダルカナル島という島嶼の航空基地に対してはいささか分が悪い部分もあった。爆弾程度ではガダルカナル島は沈まないからだ。

　そうしたなかで戦艦霧島より三隻の水上偵察機が発艦される。

　このあたりの運用も電撃戦隊では変わってきた。四〇センチ砲搭載の戦艦メリーランドと三六センチ砲搭載の戦艦金剛の砲撃戦は、それまでのアウトレンジ砲戦という日本海軍の考え方を変えた。

　これまで三六センチ砲搭載艦で四〇センチ砲搭載艦と戦うなどあり得ないと考えられていたが（これはどこの海軍でも常識的なものであった）、金剛がメリーランドに肉薄して降した事実は、少なくとも金剛型戦艦の戦い方として認識されていた。

　このため金剛型戦艦は直照準での砲戦を前提と

して観測機は廃され、すべて偵察機に置き換えられた。遠距離攻撃が必要なら爆撃は空母でできるとの考えからだ。紫電による波状攻撃で敵戦艦の戦力を減殺した後、接近しての砲戦に持ち込むというシナリオである。

もっともこの戦術は伊勢、日向、扶桑、山城の使い道をなおさら狭める結果となっていた。

こうした戦術は高速戦艦だからこそ可能であり、これら四戦艦のような低速戦艦では肉薄戦闘によってイニシアチブを取ることができない。海戦の状況変化は低速戦艦の運用を難しくしていたのであった。

霧島の観測機が発艦して数時間後、巡洋艦一隻、駆逐艦二隻の小規模部隊を発見した。

すぐに装甲空母比叡では爆撃準備が始まった。

一二五キロ対艦爆弾と陸用爆弾は紫電のために開発された爆弾であった。通常なら六〇キロ爆弾を使用するところだが、局地戦はエンジン馬力も大きいことから、可能な限り大型の爆弾が使用されることになったのだ。

今回の出撃はその爆弾の試験も兼ねている。出撃するのは一六機で、すべてが対艦爆弾を装備していた。

ガダルカナル島の戦闘では陸用爆弾が主たる兵装となるから、可能な限りここで対艦爆弾のデータを得ようというわけだ。

さすがに一二五キロ爆弾を吊り下げた状態では、紫電は飛行甲板を使い切る必要があったが、紫電しか搭載していないためそこは大きな問題ではない。

零式水上偵察機の誘導で、紫電の編隊は敵巡洋艦の周辺まで前進した。霧島からの水上偵察機の存在は敵巡洋艦もレーダーで把握しており、対空戦闘の準備はできていたらしい。

だが、彼らは装甲空母比叡の存在を察知していなかった。だから攻撃があるとすれば、ラバウルからと考えていた。そのため紫電の編隊を察知したのは、完全に計算外の出来事であった。

そのなかで第一陣が巡洋艦に爆撃を敢行した。三機の紫電がつるべ落としに緩降下爆撃を実行していく。

この時、巡洋艦側は爆撃ではなく雷撃されると感じたらしい。そして、雷撃を避けるべく転舵のタイミングを計ったことが仇《あだ》となった。

緩降下爆撃の紫電は爆弾を投下し、二発は外れたが一発は命中した。爆弾は上甲板を貫通し、艦内で爆発した。

この爆発で巡洋艦の電気系統が一時的に不通になり、対空火器の動きが止まった。それは瞬間的なものであったが、対空火器の照準を再度やり直す必要に迫られた。

その間隙をぬって第二波が爆撃を敢行し、三発の爆弾のうちの二発が命中する。

爆弾の一つは艦橋構造物と甲板の周辺に命中し、そこで爆発を起こした。そこには装甲が施されていたが、対艦爆弾にはもとよりそうした装甲を貫通する能力がある。

爆弾が艦橋構造物を直撃したため、巡洋艦の指揮系統はそこで寸断された。それは脳と神経を断ち切るに等しかったからだ。

じっさい艦長らは無事でも、艦の指揮系統を支えるスタッフの多くが、この爆撃で死傷した。そうしたなかで第三陣の爆撃が行われ、さらに二発の爆弾が命中する。

総計五発の対艦爆弾が艦内で爆発したことで、巡洋艦内部は深刻な火災に見舞われていた。

一二五キロ対艦爆弾は重量などを考えると、重巡洋艦の砲弾とほぼ等しい。だから米巡洋艦はこの時、五発の砲弾が命中したようなものだった。

そして、日本海軍の演習や実験で導き出した標準では、巡洋艦を廃艦にするには一二発、半壊するには六発の命中弾が必要とされていた。

ただし、これはあくまで計算上であり、実際はそこまで単純ではなかった。現場と指揮系統が分断されたことと、爆弾が艦内爆発により寸断したことで、巡洋艦は内部で組織的なダメージコントロールができないでいた。

艦橋では艦内の被害状況がわからず、現場は命令が下りてこない状況で、現場が個別に対応するよりなかった。

ここで悲惨なのは機関部であった。

爆弾が命中したことは衝撃でわかったが、そこから先の情報が入ってこない。それを確認すべく伝令を出すも、火災で上甲板に出られないことが明らかになる。

機関長は持ち場を離れる決心はつかなかったものの、ともかく外に出るためのルートの探索に人間を出した。そして、この間にほかの紫電は駆逐艦を爆撃して大破させていたが、むろん彼らがそれを知るはずもない。

さらに、ある時点から巡洋艦の操舵装置が作動不全に陥っていた。そのため早くも脱出した乗員を救うべく接近した比較的損害の軽い駆逐艦は巡洋艦と衝突し、結果的にこれが二隻の致命傷となった。

駆逐艦は轟沈し、巡洋艦も艦首部が潰れて傾き出した。残った駆逐艦は火災を消火するのに手一杯で何もできない。

ガダルカナル島から一六機のＦ４Ｆ戦闘機隊が現れたのは、このタイミングだった。

彼らの計算では、ラバウルからの陸攻隊か何かが巡洋艦部隊を攻撃するとの計算で、そのタイミングで出撃準備を進めていた。それなのに装甲空母の航空隊が現れ、すべて後手にまわってしまったのだ。

しかも爆弾を捨てて身軽になった紫電の側は、霧島の対空見張電探によってＦ４Ｆ戦闘機隊の到着を知っていた。

対するＦ４Ｆ戦闘機隊は日本軍の攻撃機と解釈しているから、戦い方の認識がそもそも違っていたのだ。

Ｆ４Ｆ戦闘機隊の先鋒は、上空からの紫電による濃厚な機銃掃射の洗礼を受け、次々と撃墜されていく。ここは演算器と連動した照準器の真価が発揮された格好だ。

編隊を乱されたＦ４Ｆ戦闘機隊は、奇襲攻撃によって組織的な対応ができないまま分断され、チーム単位で襲撃を仕掛ける紫電の前になす術がない。速度も火力も照準精度も違うからだ。

紫電の弾倉がからになる頃、戦域上空にＦ４Ｆ戦闘機隊の姿はなかった。

6

この時、ガダルカナル島基地の司令官は米海軍のコーニッグ大佐であった。

この基地はさらに拡張され、陸軍航空隊のB17爆撃機隊が進出する計画であり、航空基地としてはそれで完成となる。

その時点で基地の司令官は陸軍なり海軍の将官となるが、その人選はいまだに決まっていない。ガダルカナル島が陸軍管轄なのか海軍管轄なのかの結論が出ていないためだ。

コーニッグ大佐としては、海軍が建設した基地なのだから指揮官も海軍と思うのだが、B17爆撃機が必要となればそうも言えないわけである。

現在のガダルカナル島の航空戦力は、総兵力が五四機というなかなかの戦力だ。二七機のF4F戦闘機と二七機のSBD急降下爆撃機である。

雷撃機がないのは、その必要性が薄いためと、米海軍航空隊としてはSBD急降下爆撃機は爆弾を搭載しなければ、準戦闘機として運用できるという認識のためだ。

島の防衛が重要だから、いざとなれば戦闘機・準戦闘機を五四機運用できるというのは大きい。

サボ島方面の巡洋艦部隊が偵察機を捕捉した時、司令官はそれは巡洋艦部隊を攻撃するためと考えていた。ガダルカナル島の攻撃ならラバウルから大型機を飛ばすはずだからである。

飛行艇は撃墜しなければならなかったが、このことで敵がどこまで基地の存在に気がつくかは賭けだった。

「ツラギが何も気がついていない」ことに、どこまで自分たちは賭けられるのか、まさに博打だったのだ。

　しかし結果を見れば、自分たちは賭けに負けていた。状況から考えて日本軍はおそらく空母を投入したようだ。

「日本軍がラバウル方面に空母を投入しているという情報はなかったのではないか？」

　コーニッグ大佐は自身の参謀に確認する。

「はい。現状では日本軍の空母の大半がドック入りで、そうでないものについても日本近海か、もっとも遠いものでトラック島です」

「何か変化はないのか」

「トラック島に戦艦二隻が向かっていたという情報は、未確認ながら届いています」

「戦艦二隻？　日本軍の暗号解読は新型暗号になってから困難と聞いたが？」

「詳細は不明ですが、弱い暗号をやり取りしている部門もあるため、そこからのものと思われます」

「なるほど。それで戦艦二隻とは？」

「霧島と比叡であるそうです。あいにくとトラック島に向かっていたことまでしか判明していません」

　日本海軍の金剛型戦艦については、米太平洋艦隊ではいままでそれほど評価は高くなかった。艦齢の古い三六センチ砲搭載艦であるからだ。もっとも同様の戦艦はアメリカ海軍も保有しており、その点を考えるなら相応に脅威ではある。

　この段階では、巡洋艦が空母艦載機らしきものと接触した程度であり、ラバウルからのものではなかったのは意外だったが、迎撃機を出すことはできた。

この時に出撃させたのは一六機。これで日本軍の攻撃隊は撃退できると思われた。

だが、Ｆ４Ｆ戦闘機隊が到着する前に三隻の艦艇は撃破されていた。それでも相手は攻撃機だから、戦闘機はそれらを撃墜できるはずだった。

しかし結果は逆で、迎撃に向かったＦ４Ｆ戦闘機隊は日本軍の攻撃機隊に返り討ちにあってしまった。

このことはガダルカナル島に強い危機感を与えた。日本軍の空母が襲撃を仕掛けてくるのは明らかだ。ただ、すでに二七機のＦ４Ｆ戦闘機のうち一六機が失われ、残っているのは一一機に過ぎない。

ほかには二七機のＳＢＤ急降下爆撃機が戦力のすべてである。これでどう作戦を立案するか？それがコーニッグ大佐の課題であった。

「全戦力を投入して敵空母を撃破するよりあるまい」

彼はそう決めた。そうしたなかで、ガダルカナル島のレーダーが四機の航空機が接近するのを認めていた。

「四機だと？」

コーニッグ大佐にとって、その数は理解できなかった。攻撃なら少なすぎるし、偵察ならば多すぎる。

しかし、ともかく敵機なのは間違いない。彼は六機のＦ４Ｆ戦闘機に迎撃を命じた。

六機のＦ４Ｆ戦闘機は敵部隊の五割増しの数であり、迎撃が失敗するはずがなかった。

そうして最初に見えたのは、零式水上偵察機であった。やはり偵察機でガダルカナル島を偵察するのだろう。

それはわかる。しかし、レーダーが捉えた残り三機はどこにいるのか？

しかも水上偵察機はＦ４Ｆ戦闘機の迎撃隊を認めると、驚くべきことに急に針路を変更した。多勢に無勢であるから、偵察機が戦闘機隊を避けるのも理解できる。

それはわかるが、なにか不自然だ。さらに、水上偵察機は可能な限り速度を上げている。

戦闘機隊が当惑している時、ガダルカナル島の方角で爆発が起きた。基地施設かどこかに、三個の爆弾が投下されたらしい。

迎撃隊は自分たちが水上偵察機におびき寄せられたことに、やっと気がついた。偵察機を追えばガダルカナル島から引き離されるのだ。

そして、Ｆ４Ｆ戦闘機隊は日本軍の攻撃機を撃墜するため、ガダルカナル島に向かって反転した。あいにくと地上とは無線がつながらない以上、自分たちで判断するよりない。

しかし、Ｆ４Ｆ戦闘機は再び不意打ちを食らった。基地を攻撃したのは爆撃機であったはずなのに、上空から急降下する戦闘機の銃撃を受けたのだ。

完全な奇襲であったため、いきなり三機のＦ４Ｆ戦闘機が撃墜される。これで数の優位はなくなった。

さらに、日本軍の戦闘機は四門の二〇ミリ機銃という火力でＦ４Ｆ戦闘機を圧倒する。速度もまた日本軍機が勝っていた。なにより機銃の命中率が高かった。

こうしてガダルカナル島の制空権は一時的に日本軍機が掌握した。

後続の戦闘機が離陸するより前に、日本軍機がそれらの戦闘機に機銃掃射をかけた。銃撃を受けた戦闘機やＳＢＤ急降下爆撃機は、そのまま爆発、炎上する。

そうしているうちに零式水上偵察機がガダルカナル島に到達し、眼下の基地について写真撮影を行い、無線での報告を続ける。

三機の紫電はこうして去っていった。

コーニッグ大佐にとっては悪夢としか思えなかった。Ｆ４Ｆ戦闘機は地上破壊されたものも含めて全滅し、ＳＢＤ急降下爆撃機についても半分が破壊された。さらに、この奇襲攻撃で滑走路自体が使えない。

日本軍機は最初の爆撃で、レーダーと無線基地を破壊したため、友軍に連絡もつかず、なにより敵の接近がわからない。高地に用意した見張所だけが頼りだ。

一つだけ明るい材料は、高射砲陣地が無傷であったことだ。いまの戦闘ではほとんど後手にまわってしまったが、ともかく戦闘はできる。

ほかにも機関銃を配置すれば対空戦闘は可能だ。しかし、七・七ミリ機銃や一二・七ミリ機銃で、どこまでできるかには心もとないものがある。

ともかくコーニッグ大佐は、対空戦闘の増強と航空機用無線を使って友軍と連絡をとることを最優先する。さらに、病院のスタッフにも待機を命じる。敵空母の本格的な空襲となれば、ここは地獄になるだろう。

しかし、敵空母の襲撃はなかなか始まらなかった。

巡洋艦や駆逐艦の部隊を撃沈した敵が、ガダルカナル島に対しては爆弾三発と機銃掃射で帰るとは信じられなかった。レーダーが生きていればもっと状況もわかるはずだが、それもかなわない。

そうして彼は恐るべき衝撃を足元から感じた。

7

鬼沢司令官の見るところ敵軍の最大の失敗は、巡洋艦部隊の救援に不用意に戦闘機隊を出したことにあった。いくつもの錯誤があったのだろうが、それにより敵は貴重な戦闘機隊を失う結果となった。

このことがガダルカナル島への偵察飛行で、敵が深手を受けた理由だろう。それが彼の分析だ。

確かにガダルカナル島への爆撃は実行したが、そこまでの戦果は期待していなかった。電探が破壊できたら儲けものくらいのつもりだった。

それが地上待機中の敵機を多数撃破するという予想外の成果をあげることとなった。

おそらく、敵は自分たちをなめていたのだろう。もっと脅威に感じていれば可能な限り離陸させ、地上破壊されるような愚は犯さなかったに違いない。その意味では、敵は自業自得とも言えよう。

そうして戦艦霧島は、紫電の上空警護を受けながらガダルカナル島へと接近する。その間に帰還した零式水上偵察機の撮影したガダルカナル島の写真が現像される。

通常なら十分な時間をかけて基地を分析するところだが、いまは何を砲撃すべきか、それだけわかればいいのである。

「孤島の航空基地です。補給は外部から受けるしかありません。基地の復興速度も物資備蓄に依存することになります。そうであれば、燃料タンクや倉庫こそ優先的に砲撃すべきでしょう」

塚岡先任参謀はそう言いながら、写真に鉛筆で丸をつけていく。燃料タンクは工事中だが、ドラム缶を積み上げてある場所がいくつかあった。

「滑走路に対する砲撃はいいのか？」

「燃料さえなくなれば、滑走路があっても無用の長物です。むしろ滑走路が無傷だからこそ、敵は滑走路に固執することになる。無駄な消耗を続けることになるはずです」

「要するに兵糧攻めか」

どこを攻撃すべきかがわかれば、あとは比較的容易だった。

八門の三六センチ砲は演算器が計算した結果に基づき、次々と砲撃を開始した。砲塔ごとに別々の標的を狙うことで、同時に四箇所の砲撃が可能であった。

これは航空基地のような巨大な施設に対しては効果的だった。砲弾は交差があるので直撃とはいかなかったが、砲弾の威力ですぐに施設は破壊されていく。

燃料タンクに命中したことは、島から激しく黒煙が吹き上がっている光景から確認できた。

ひとしきりの砲撃が終わってから、水上偵察機が砲撃結果を確認すべく飛んでいく。滑走路はほとんど無傷であったが、周辺の空港施設はほとんど何も残っていなかった。

「砲撃は大成功です」

霧島の水上偵察機はそう報告した。

第4章　反撃するガ島

1

昭和一七年六月一五日、ソロモン海。

「こんなものまで作り上げたのか」

宮山潜水艦長はサボ島の施設に声をあげた。

そこにあったのは旅館だった。丸太を組み上げたようなものではなく、現地の環境に合わせてはあるが製材された板で建てられ、畳まで用意された小さいながら日本式の旅館があった。

「潜水艦の居住環境は過酷だからな。こうした施設で可能な限り英気を養ってもらいたい」

特設潜水母艦の艦長はそう言って、宮山をはじめとする呂号潜水艦の乗員を迎えた。

「どうやって、このようなものを？」

「海軍施設本部の実験も兼ねている。規格化された板や柱をボルトで接合することで、短期間に質の高い住居を建設する。爆撃にあっても損傷部分だけ交換すれば復旧も早い。

とはいえ、全焼しなければの話だがな。なにしろ木造だ」

艦長は本気なのか、冗談なのかわからない話をする。いわゆるプレハブ家屋の一種だろうが、そうした安普請という印象はない。

「島嶼帯を占領しても短時間に施設建設ができな

ければ、将兵は疾病で失われてしまう。そうした問題を解消するための実験だ。君らが快適に使えるなら、たいていの部隊で大丈夫だろう」

「そうですな」

一般的に日本海軍の潜水艦の住環境は劣悪であり、将兵の消耗はほかの海軍艦艇の比ではない。だから、日本国内の温泉地には専用の保養所が用意されているくらいである。この施設も、そうした事実から建設されたのだろう。

しかし呂一〇〇型に関しては、そこまでの心配は不要だった。給排気管で外気を取り入れているため、湿度も炭酸ガス濃度も外気と変わらず、艦内の空気は良好だったからだ。

戦闘時には完全に外気と遮断して潜航することになるが、それは全行程のうちのごく一部だ。これだけでも乗員の消耗度はかなり違う。

「しかし、これだけの厚遇が用意されているなら、手ぶらでは戻れんということか」

宮山潜水艦長はそう解釈していた。

2

呂号一〇〇潜水艦はソロモン海で活動していた。ガダルカナル島の米軍基地はほとんど動きを見せなかったが、偵察機を飛ばせば対空火器の砲撃を受けた。米軍の士気は高かった。

それでもガダルカナル島の航空機は失われ、上陸して占領する好機であったが、そうはいかない事情があった。ラバウルの第八艦隊は陸軍と共同で、ポートモレスビー攻略の準備を進めていた。

その準備はほぼ整い、陸軍部隊の船舶の手配もできていた。ここまでするのには陸海軍ともにかなりの準備が必要だった。第七電撃戦隊にしても、もともとはポートモレスビー攻略のための戦力だったのだ。

このような状況であるため、第八艦隊はガダルカナル島へ部隊を送れなかった。

船舶手配やなにやかやで、やっと陸軍との合意にこぎつけたのに、ここにきて「ポートモレスビーではなくガダルカナル島へ行ってくれ」とは言えないわけだ。

陸軍とてギリギリの人数しか南方には出したくないのだから、追加の占領にはおいそれとは応じられないという事情がある。

ならば海軍陸戦隊を投入するという手段も考えられるが、それも難しい。

そもそも陸戦隊では足りないから陸軍に兵力を出してもらうのだ。ガダルカナル島を占領しようとすれば、最低でも五〇〇〇人規模の兵力が必要となるはずだ。そんな人数、第八艦隊だけで短期間には調達できない。

結果として、ポートモレスビー攻略を前にガダルカナル島攻略は不可能だった。そうであれば、ガダルカナル島の敵軍を攻撃し続けて時間を稼ぐしかなかった。

しかし、これはこれで容易ではない。敵だって基地の復旧に全力をあげるからだ。じっさい基地を捨てて撤退するような動きはない。

そのため、とりあえず潜水艦部隊でガダルカナル島を孤立化させることが当面の戦術とされた。

ただ、第八艦隊は潜水艦にしても十分な数があるわけではない。多くはトラック島からの増援であったため、潜水戦隊や潜水隊の編成は無視するような形になった。呂一〇〇潜水艦が活動しているのもこのためだ。

呂一〇〇は水中高速潜水艦として多くの戦果をあげていた。そこで、少ない戦力で結果を出すことを期待されて派遣された。

サボ島には特設潜水母艦が待機しており、魚雷などの補給も短時間でできるようになっていた。そうしたなかでのプレハブの保養所なのであった。

もちろん、この施設は呂一〇〇のような水中高速潜水艦専用ではない。それらの多くはまだ建造中で、従来型の潜水艦も任務についている。

特に、ラバウルには旧式の呂号潜水艦も多かった。だからこそ、こうした施設が必要なのだった。

3

「一軸推進の船舶が二隻。貨物船と思われます。速力は二〇ノット」

「飛ばしているな」

水測員の報告に宮山潜水艦長は思った。

優秀商船ならそれくらいの速力で移動できるだろう。周辺に艦影はなく、つまり護衛艦隊がないから商船は高速で移動することを迫られているのだ。

米海軍とて、二〇ノットを出せる輸送船が潤沢にあるわけではないだろう。ただ、二〇ノットを出している船舶を襲撃するのは簡単ではない。

それに宮山としても、いま自分たちの性能を知られるのは面白くない。そこで彼はガダルカナル島へと急いだ。

貨物船はジグザグを描いているので、直線で進むなら呂号が敵に先んじることができる。

あの貨物船がガダルカナル島を目指しているなら、そこで待っていれば敵は減速するはずだからだ。停船しなければ揚陸はできない。

そうして数時間後に輸送船が現れる。敵軍の基地の場所はわかっているから、揚陸する場所は限られる。

貨物船は二キロほどの距離をあけて単縦陣で進んでいる。船が停船してから、宮山潜水艦長は四本の発射管の魚雷の設定を調整し、角度を与えて二方向に雷撃を実行した。

彼が相手が止まるのを待っていたのはこのためだ。演算器が導き出した数値を魚雷に設定し、発射する。それぞれに二本発射された電池魚雷は、まごうことなく貨物船に命中した。

貨物船は停船と同時に揚陸作業を始めていたためか、甲板上には大量の物資が並べられていた。それが艦内の火災により引火する。

ガソリンに引火すれば周囲が火災に包まれるのは当然だった。雷撃から一〇分と経過しないうちに貨物船では救いようのないほどの火炎が広がった。

「撤退するぞ！」

宮山は潜望鏡で自分の戦果を確認して、サボ島へと向かった。

サボ島に戻って特設潜水母艦の艦長から聞かされたのは、敵軍にとってこの雷撃がかなり想定外だったということだ。

航行中の襲撃は考えていたが、泊地では攻撃されないと考えていたらしい。そのため米軍は雷撃ではなく、敷設された機雷によって貨物船は失われたと考えているとのことだった。

「こうなると、敵は掃海艇を用意しないと揚陸作業はできんな」

「掃海艇ですか」

機雷敷設を疑うなら、そうなるだろう。ただそうしたものをガダルカナル島まで移動させるのは容易ではないのも確かだ。

「呂号のあげた戦果はかなり浅い海だ。通常なら潜水艦では難しい。駆逐艦で掃海するにも小まわりがきかない。

それでも護衛も兼ねて駆逐艦も派遣されるだろうが、ガダルカナル島はそれらの維持管理もしなければならなくなる。負担は増える一方だ」

「一隻いっせきの戦果が重要になるということか」

4

駆逐艦三隻がガダルカナル島に向かっていた。目的はガダルカナル島への緊急輸送だった。そのため数多くの物資が甲板にまで並べられている。

いまのところ、日本軍はガダルカナル島への空襲は行っていない。爆撃機はポートモレスビーへの攻撃に傾注し、ガダルカナル島への攻撃に向けられる余力はないらしい。

そうなると、潜水艦だけが脅威となる。さすがに艦隊で海上封鎖するほど日本も艦艇に余裕はないようだ。

駆逐艦が選ばれたのは、その高速性能のためだ。燃料が不経済なのは百も承知で、三〇ノットで航行している。さすがにこれなら雷撃できるとは思えない。

ただこの方法には、水中雑音の増大で水中聴音機が使えないというデメリットがあった。しかし、相手の雷撃を封じられるなら、それくらいのリスクは負わねばならない。

「あと一時間で到着か。現場の掃海は終わっているのだな?」

「機雷は確認できていないそうです」

「どんな掃海をしているのだ?　掃海艇もないだろうに」

「よくは知りませんが、ボートから海にダイナマイトを投げて、機雷があれば誘爆させているそうです。いまのところ、機雷は確認されていないとか」

駆逐隊の指揮官はその乱暴な方法にいささか呆れたが、なるほどダイナマイトの衝撃で起爆しないなら、そこに機雷はないのだろう。

むしろ、彼はレーダーにこそ信を置いていた。潜水艦が襲撃を試みているなら周辺に展開しているはずで、そうであるなら、レーダーに感度があるはずだ。

しかし、レーダーに反応はない。つまり、敵潜水艦はいない。むろん潜航している可能性はあるが、潜航中の潜水艦に自分たちは追跡できないだろう。

「まぁ、我々を攻撃できるものはおるまい」

5

「敵艦と思われる推進機音を多数確認。二軸推進、駆逐艦と思われる」

呂一〇〇潜水艦の聴音機は高速で移動する船舶を察知した。

移動中の呂号であるから、音の聞こえる方位とその時間的変化から相手の速力を割り出すのは、さほど難しくなかった。

ほぼ水中を移動する関係で、呂号潜水艦の聴音機は艦首だけでなく、艦中央の左右両舷にもマイクが展開されていた。このため音源を探知する感度は通常の潜水艦よりも高かったし、方位分解も精度を上げていた。

「駆逐艦が三〇ノットの高速で、ガダルカナル島に向かっているのか」

宮山には敵の戦術はすぐにわかった。

輸送艦ではなく、高速の駆逐艦で緊急に必要な物資を揚陸しようというのだ。非効率この上ないが、それでも複数なら五〇〇トン近い物資輸送は可能だろう。

五〇〇トンが多いか少ないかは解釈によるだろう。しかし、確実なのは沈められればゼロということだ。ゼロは、どう考えても多くはない。

「水雷長、相手が三〇ノットでも命中させられるか？」

水雷長はすぐに返答する。

「速度よりも相手の針路が重要です。相手が直進しているなら、三〇ノットでも可能です」

そうしているあいだに、より詳細な情報がわかってきた。駆逐艦は三隻で、衝突回避のためか等間隔で同じ速度で直線を進んでいる。

すぐに演算器がもっとも命中確率の高い魚雷の設定をする。

「最初の四本で前と真ん中の駆逐艦を雷撃します。その後、すぐに魚雷を装填して殿《しんがり》の駆逐艦を狙います」

「殿を最後にするのは？」

「さすがに同時に三隻は襲撃できません。先頭と中央の駆逐艦が雷撃されれば、殿の駆逐艦は針路を変更するでしょう。

それに対しては、新たに仕掛けることになります。どう動くかは予測できないので」

「よし、それでいくか」

呂一〇〇に残された時間は多くない。いま自分たちは敵の頭を押さえる位置にいるが、速力は敵が勝る。追い抜かれたら、さすがに追いつけない。

ガダルカナル島では停止するとしても、深度の浅い海で駆逐艦三隻と相まみえるのは呂一〇〇といえども避けたいところだ。

雷撃はかなりアクロバティックだった。高速で進む呂号から高速で進む駆逐艦に比較的速力の遅い（相対的な速力が遅いというべきか）電池魚雷を放つのだ。敵速の計測と自分たちの速力について、高い精度が求められる。

そうして雷撃準備が整う。

「放て！」

水雷長の命令で、四本の魚雷がしかるべき順番で放たれる。

四本の魚雷は二本一組で敵駆逐艦に向かう。通常と発射角が異なるのは、敵が三〇ノットで移動しているためだった。

ほどなくして爆発音が二つ聞こえた。

潜望鏡深度まで浮上して確認する。三隻の駆逐艦のうち、前の二隻に魚雷が命中したのが見えた。命中率は五〇パーセントだが、この状況でなら上出来だ。

雷撃を受けた駆逐艦は急激に速力を落としているが、浮いていることは浮いていた。しかし、甲板上に並べた物資に引火し、すぐに火災が駆逐艦全体を覆う。

そうしたなかで殿の駆逐艦は速力を落としつつも、周辺をサーチライトで照らす。少しでも潜水艦を牽制しようというのだろう。

だが、それは必ずしも成功していなかった。なによりもこの駆逐艦はジレンマに陥っていた。炎上する僚艦の救助と潜水艦への警戒のどちらを優先するかという問題があったからだ。

さらに彼らからすれば、本当に潜水艦による襲撃なのか確信が持てない部分があった。潜水艦の兆候はなく、三〇ノットの高速で雷撃されるなどあり得ないからだ。

レーダーで察知できないのだから、浮上している潜水艦はいない。潜水艦がいないとしたら、雷撃されるはずがない。潜航中であったとしても、追いつけるはずがないのだ。

何かの偶然で潜航中の潜水艦が前に現れたとしても、命中させるためにはかなり面倒な計算が必要だ。

たとえば、一五ノットの速力で船の長さの一〇〇メートルを移動するには一二秒かかる。三〇ノットなら六秒だ。魚雷から見れば、単純に命中確率が半減する。

それでも発射管すべてに魚雷を装填すれば、一本くらい命中することもあるかもしれない。しかし何をどう考えても、潜水艦で三〇ノットの駆逐艦二隻に同時に魚雷を命中させるなどあり得ない。

残された駆逐艦は速力を落とす。あるいは、ここは機雷原なのではないか。そう考えたのだ。

だが機雷を敷設するとすれば、深度が深すぎるし、港湾の入り口ならまだしも、ここを船舶が通過するかどうかもわからないはずだ。

つまり、敵の攻撃としてはあり得ないのだ。それでも僚艦は爆発した。

「荷物を捨てろ！」

駆逐艦の艦長は命じた。

彼は合理的な理由を思いついた。物資に時限爆弾がセットされていたのだ。自分たちが爆発しなかったのは、起爆装置の不備か何かだろう。

乗員たちも、艦長の「爆弾が仕掛けられている！」の一言ですべてを察した。

甲板の上のものから次々と物資が捨てられていく。これは僚艦の乗員たちを救うためにも必要だった。

しかし、そんな作業のなかで三隻目の駆逐艦に二本の魚雷が命中する。それは青天の霹靂《へきれき》のようなものだった。

艦長が思ったのは「雷撃だったのか!?」という

ものであった。もはや雷撃であることを否定できなかったが、それでも起きていることがわからない。

そうしているあいだに駆逐艦は火災に襲われ、早急に退艦せねばならなかった。総員退艦命令が出て、しばらくすると三隻目の駆逐艦も沈む。すでに僚艦は沈んでいる。

彼らにとって不幸中の幸いは、三隻目が物資を海中投棄していたことだった。その中にはかろうじて海面を漂っているものもあり、ボートに乗っている将兵はそれらの物資で命をつなぐことができた。

幸いボートにはエンジンがついており、浮いている物資にはガソリンを満載したドラム缶もあった。ありあわせの材料で組み立てた筏《いかだ》には回収できた物資も載せられた。

そうして彼らはもっとも近い島、ガダルカナル島へと漂着した。

6

六月三〇日。

ガダルカナル島航空基地のコーニッグ大佐は、この時ほど自身が合衆国市民であることに誇りを抱いたことはなかった。

日本軍の潜水艦による海上封鎖は完璧に見えたが、限られた潜水艦ではできることに限度があった。特に効率はきわめて悪いものの、米海軍の潜水艦輸送は阻止できなかった。

ともかく、ガダルカナル島は急病人などを潜水艦に乗せ、まずレーダーと無線装備の復活を果たした。

また、半完成品の鉄製の舟艇も何艘か潜水艦に載せて運んでいた。海上での作業が必要になるからだ。

現場で色々と溶接や組み立てが必要となるが、ガダルカナル島にとっては大きな戦力だ。掃海もできるし、一二・七ミリ機銃もあるので敵潜水艦と戦うことも可能だ。

こうした舟艇があるだけで、潜水艦からの物資揚陸はずっと効率的にできた。そして、その状況下で本格的なラバウルへの反攻計画が進んでいた。

日本海軍は輸送船団を襲撃したことで、ガダルカナル島を飢えさせたと思っているらしい。

確かに物資備蓄は危険な水準にある。一方で、ラバウルから攻撃らしい攻撃はない。すべてポートモレスビー攻略に向いているためだろう。

そうしたなかで無傷の滑走路は整備され、拡張された。いまや大型機も離着陸可能な滑走路が二本できている。

そして、その滑走路にC47大型輸送機が着陸していた。最大四・五トンの積載量は船舶輸送と比べれば小さいかもしれないが、それでも空輸という観点では破格の積載量だ。

なによりも連日のC47による補給で一〇〇トン以上の物資が運ばれてくるということは、基地を維持する上で決定的な意味を持った。

さらに、これらの補給物資によりSBD急降下爆撃機が一機、完全な修復ができていた。これ一機では何もできないが、コーニッグ大佐は別の用途に使っていた。小型の爆弾をたくさん抱え、対潜哨戒を行ったのだ。

それが浮上中の潜水艦を発見し、それらを撃沈していけば、日本軍は潜水艦の損失が急増するから一時的にでも兵力を退くかもしれない。その可能性が少しでもあるなら、やってみる価値はある。

そうしてこの日、ＳＢＤ急降下爆撃機がガダルカナル島を出撃する。日本軍は夜襲を仕掛ける傾向があるので明るいうちに飛行した。明るいうちに浮上してバッテリーの充電を行うから、そこを狙うのだ。

補給の問題もあり、爆弾は九〇キロのものを四発抱えている。相手は潜水艦なので小型爆弾をばらまくという考えだ。

そうしているうちに、彼らは一隻の潜水艦を発見する。

潜水艦のほうも自分たちに気がついたようだが、潜航に手間取っているらしい。ＳＢＤ急降下爆撃機はそこを見逃さなかった。

急降下で接近すると四発の爆弾を投下する。爆弾が海面に落下した時、潜水艦はまだ潜航を終えていなかった。そこに一発の爆弾が、命中こそしなかったが至近距離で爆発する。

潜水艦はそれでも潜航するも、大量の空気と重油が海面に広がっていく。撃沈は明らかだ。

「これはいけるぞ！」

ＳＢＤ急降下爆撃機の乗員たちは、そう確信した。

7

「呂号潜水艦の被害が増えているだと？」

宮山潜水艦長はサボ島の保養所でその話を聞いた。

彼の呂一〇〇は補給のためサボ島にやって来て、一時的に保養所にいたのだ。そもそも乗員たちにはありがたかったものの、保養所が独占状態というのが宮山には不思議だった。作戦に投入される潜水艦は増えていると聞いていたからだ。

彼はそこで、潜水母艦の艦長から情報を得たのだ。

「八艦隊には有力軍艦はほとんどない。トラック島から必要に応じて借りている状態だ。このあいだの第七電撃戦隊にしても固有戦力じゃない。

だから、潜水艦も伊号は少なく呂号が中心だ。昭和初期なんてましなほうで、大正時代に建造されたようなものもある。ガダルカナル島を孤立させるための商船攻撃なら、それで十分というわけだ。はっきり言って、新鋭艦は呂一〇〇くらいしかない」

それは宮山にはいささか意外だった。

「呂一〇四型以降は、すでに量産されているんじゃなかったのか」

それに対して艦長は首を振る。

「まぁ、自分もまた聞きなので、どこまで本当かわからんが、そこは色々と複雑らしい。あんたの責任もないとは言えんのだよ」

「自分の責任!?」

宮山潜水艦長にはさっぱり話が見えない。

「自分の責任ってなんだ?」

「あんたが重巡を仕留め、空母を手負いにした。そのほかに商船の撃沈多数だ。しかし、偉い人たちは宮山さんの戦果は評価するとしても、空母を撃沈できなかったことを見るわけだよ」

「魚雷がなかったんだから、仕方ないだろう」

「それはわかっているが、上はそこまで見ない。呂号の発射管が四門でなくて六門なら空母は仕留められていた。そう考えるわけだ。

すべての理由がそれではないが、発射管を増やす根拠になっているそうだ」

「いや、魚雷さえあれば四門でも十分仕留められたが……」

「もちろん、発射管だけの話じゃないがね。背景はもっと面倒だ。

まず水中高速潜水艦として伊一七があるが、伊号は建造が大変なのでこの型の水中高速型は四隻で打ち切られた。建造中の伊号は竣工させるが、新規の建造は中止となった。これはいいか？」

「あぁ、それは聞いている」

「そこで、呂一〇四以降から日本海軍は水中高速潜水艦だけを建造することとなった。ところがな、呂一〇四型の図面に物言いがついた。

発射管四門では打撃力不足というものだ。海軍の経験から命中弾を得るためには、確率的にも六門必要というわけだ」

「それは違うだろ。昔はそうだったかもしれないが、いまの魚雷盤は演算器と連動して高い命中精度を実現している。四門あれば十分だし、商船なら二門一組で同時に二隻撃沈できる」

「まぁ、自分も宮山さんも今の雷撃技術を知っているから、それに同意できるが、上のほうは昔の雷撃しか知らんのだ。まして演算器がどんなものか知る由もない。あの人らにとっては、演算器なんて代物は胡乱《うろん》な機械にすぎん。

だから、発射管は六門必要となる。発射管が六門なら搭載する魚雷の数も相応に増やさねばならん。そうなると、最初の呂一〇四型の図面では収まらん。

そうして呂一〇四型四隻の建造工事は、いま中断している。というか、最初からやり直しだ。どうもな、伊号を建造中止にしたことに反発している連中が多いらしい」

「性能なら水中高速型なのにか?」

「そういう問題じゃないんだ。慣習的に伊号の潜水艦長は中佐、呂号は少佐か場合によっては大尉だ」

「つまり、中佐に昇進しても乗艦が呂号しかないことに不満を持っているということか」

「馬鹿にはできんよ。乗員の数も三割は違うし、伊号は一等、呂号は二等潜水艦だ。格の違いを、気にする人は気にする。

それで新しい潜水艦は呂一〇四型の名前で建造される。発射管六門、基準排水量一五〇〇トン、少し前の伊号と大差ない。このあたりは艦政本部や海軍省の面子の問題らしい。

軍令部も新型を支持している。大きな潜水艦なら太平洋の横断も可能だ。ハワイや西海岸で暴れられる」

「いま現在は伊一七型と呂一〇〇型の八隻しか水中高速型はないのか……」

「いや、六隻だ。伊一九はペナン周辺で友軍の機雷堰に接触して沈没した。単純な連絡ミスが原因だ。

呂一〇三は、トラック島から呉に向かう途中で消息を絶った。機械の不調のため呉に戻ると報告していたから、航行中の事故だと言われている。どうも潜航がうまくいかないので、浮上して航行していたのがまずかったらしい」

「浮上航行が？」

　それは宮山には驚くべき話だ。

「知ってるかどうか知らんが、呂一〇〇と完全に同じなのは呂一〇二までだ。

　呂一〇三は最初に計画されていた呂一〇四にかなり似ていた。一〇〇型と一〇四型をつなぐ実験船という位置づけだった。

　だからかなり水中航行に特化していた分、長時間の浮上航行での安定性に問題があったのではないかと言われている。まぁ、新型図面を認めさせるための口実かもしれないがね」

「なんか生臭い話だな」

「確かに生臭いが、現状で海軍の水中高速潜水艦は稼働状態なのは六隻だけで、ガダルカナル島方面では呂一〇〇しかない。

　オーストラリアや真珠湾、インド洋方面と海軍の守備範囲は広く、戦力は足りない。一隻でも配備されただけ幸運というものだ」

「そうは言っても、一隻じゃ海上封鎖はできないぞ。だいたい何に食われているのだ？」

「それもはっきりしないが飛行機らしい。攻撃機を一機か二機飛ばせるようになって、ともかく潜水艦を狙っているようだ。そりゃそうだろう。船がこなければ補給はできん」

「敵はありあわせの物資で攻撃機を飛ばしているってことか」

「ラバウルはそう見ているようだ。ともかくガダルカナル島の周辺でしか活動していないし、積極的な攻勢には出ていない。無線の通信も低調なまならしい。

まぁ、ここに電探が設置されれば、もっとはっきりわかるのだがね。陸偵もポートモレスビーにかかりっきりだし、偵察機を運用するにはうちの母艦は小さすぎる。ここの保養所で運用ともいかんからな」

「結局は、ポートモレスビーが終わってからか」

「敵軍も攻勢を強めているから、しばらくはこっちへ戦力を振り向けられんだろうな。第七電撃戦隊が一時的にラバウルに入っているが、あれもモレスビー用らしい」

「となると、当面はガ島をおとなしくさせるのが我々の任務ですか」

宮山は腹をくくるしかなかった。

呂一〇〇に不満があるわけではないが、これ一隻で海上封鎖を行えと言われたようなものだ。そうであるなら、新しい水中高速潜水艦が欲しくなる。しかし、いまは手持ちの戦力でなんとかするよりなかった。

8

七月五日を迎えた時、ガダルカナル島の基地機能は著しく改善していた。

一〇〇トンを超える物資輸送は、かなりの余裕をもたらした。海上封鎖は続いているので、これは重要だった。

最近では着陸しないで、物資によっては海上にパラシュートで投下することも増えた。これだと飛行艇も活用できるのと、Ｃ47の離着陸の燃料が節約できる分だけ積載量を増やせるからだ。

すでにＢ17爆撃機も順次、ガダルカナル島へ移動していた。それに伴い作戦もできている。それは、ポートモレスビーとガダルカナル島の両方からラバウルを攻撃するというものだった。

ポートモレスビーからの攻撃隊に対してラバウルの航空隊は迎撃に向かうが、そのタイミングでガダルカナル島からの攻撃隊がラバウルを奇襲すれば、一時的にでもラバウルの基地機能は失われる。それは帰還機の着陸場所がなくなるということだ。ラバウルの航空隊は着陸できずに壊滅する。さらに、そこを二方向から攻撃を続けるのである。

ただ、ガダルカナル島への空中補給は、ここにきて低調になりつつあった。ポートモレスビーでの戦闘が苛烈化し、同地への物資輸送も船舶では難しくなりつつあったためだ。

貨物船輸送を増やしたいがポートモレスビーの激戦のため、その方面の損失が増えていた。このような場合、船団編成が考えられるのだが、あいにくとポートモレスビーの港湾施設は、そこまで大規模な船団を迎え入れられる能力を持ってはいない。

そのため船団は編成できず、それが防御効率を下げていた。この穴を航空機輸送で埋めようとして、Ｃ47はそちらにまわされることになったのである。

そうしたなかで、ガダルカナル島への船団が編成されることとなった。船団といっても貨物船が一〇隻であった。以前から航空機輸送がなされていたことと、戦力であるB17爆撃機は自走して着陸していたからである。

このため貨物船の積み荷の多くは航空機の燃料と爆弾が中心であった。ともかくB17爆撃機が集まっても、燃料と爆弾がなければ爆撃機は戦力にはならないのだ。

護衛戦闘機に関しては準備していない。この時代の認識としては、B17爆撃機であるなら、護衛戦闘機を伴わなくても戦えるというものがあったためだ。

それと彼らの多くが、日本軍戦闘機隊は相手として侮れないとしても、重爆を撃墜するのは容易ではないと考えたからだった。

これは日本軍機を侮っているということもあるが、そもそもB17爆撃機と零戦などが本格的にぶつかった経験がまだ少ないということがあった。

多くの場合、B17爆撃機は地上破壊されていたため、作戦中の生存率はわからなかったのだ。

いずれにせよ、燃料と爆弾以外はガダルカナル島に集結していた。あとは貨物船を待つだけだった。

本当ならタンカーを用いたいところだが、桟橋から基地のあいだにパイプラインを敷設できておらず、燃料はドラム缶で輸送する必要があった。

輸送船団は駆逐艦三隻に護衛されつつ航行していた。当然、SBD急降下爆撃機による上空哨戒も行われていた。

今回の積み荷には分解された哨戒機も含まれていた。それが組み立てられれば海上輸送路の上空警戒は、より完璧になるだろう。

燃料の制約もあって、現状はSBD急降下爆撃機が一機だけだ。戦果をあげているが、それでも完璧にはほど遠い。

　ガダルカナル島からの本格攻勢が一度でも行われたら、敵の攻勢が激しくなることは明らかだ。そうなれば島周辺の哨戒飛行は、より重要になる。ただし、それもこれもこの船団が無事に到着してのことだった。

　船団を護衛する駆逐艦部隊の指揮官は、日本軍の潜水艦が次々と撃沈されているという話を朗報と思っていたが、現実には楽観していなかった。船団の二隻が老朽船だからだ。

　ほかの八隻がタービン推進のなかで、この二隻はレシプロ機関で動いている。それだけなら問題はないのだが、そうした機関を搭載していることからもわかるように老朽船で、相応に性能が低かった。

　こんなものを編成に加えているのは船舶が足りなかったためで、いわば苦肉の策である。じっさいここまで来るあいだも、ジグザグ航行でトラブル続きで、航行予定はスケジュールよりも遅れていた。

　夜間に到着するはずが、このままではガダルカナル島へは真昼に到着することになる。しかし老朽船であるから、速度を上げて調整することもできなかった。

「ここまで来たら、ジグザグは中止する」

　指揮官はそう結論する。

「ジグザグをやめるのは危険では？」

　指揮官が乗船する駆逐艦の艦長が異議を唱える。それは指揮官も感じていることであった。

「そうも言ってはおられん。敵が待ち伏せているとして、あの二隻がまたもトラブルを起こせば船団は乱れ、かえって敵に襲撃の機会を与えることになる。ならば直線で突き抜けていくほうが安全だ」

「なるほど」

駆逐艦の艦長も、これには異論を挟まない。ここまでの航海で、この二隻によって頻繁に混乱が起きていたからだ。

こうして船団は一直線で移動する。指揮官の駆逐艦だけはレーダーが搭載されており、それで浮上中の潜水艦は発見できるはずだった。

「そろそろ危険区域だな」

指揮官は、やはりなんとも言えない不安な気持ちにさせられた。

「貨物船が一〇隻に駆逐艦が三隻か」

宮山潜水艦長は、接近中の船団に対してなんとも言えない気持ちになった。呂一〇〇潜水艦の戦果だけを考えるなら、これは大漁と言えるだろう。

だが、ガダルカナル島の敵軍を衰弱させるという作戦目的からすれば、たった一隻の潜水艦では一〇隻すべてを撃沈することなど不可能だ。いかに呂一〇〇といえども、魚雷を百発百中では命中させられない。

最低でも一隻に二本は必要としても、そして貨物船だけ狙うとしても二〇本の魚雷が必要だ。しかし、そもそも呂一〇〇は魚雷を二〇本も搭載していない。

発射管に装填しているものも含め、一六本しか搭載していないのだ。最大でも撃沈可能なのは八隻だろう。

だが言うまでもなく、そんなことは不可能だ。幸運に恵まれたとしても、五隻撃沈できれば大成功だろう。そして、貨物船五隻の物資は敵にかなりの力を与えることになるだろう。

それでもなお、彼は攻撃を諦めるわけにはいかないのだ。

「駆逐艦は襲撃せず、貨物船の攻撃に絞る。まず一度に二隻を襲撃する。それが成功したならば、船団の反対舷に移動し、さらに攻撃を行う。これで、敵は複数の潜水艦がいると判断するだろう」

呂一〇〇は敵が直進していることをやや訝《いぶか》しく感じながらも、雷撃のための諸元を集める。水中聴音機でかなりのことは掌握できたが、最終的には潜望鏡で確認する必要がある。

潜望鏡深度にまで浮上し、秒単位の潜望鏡の昇降を繰り返し、船団への情報を修正する。潜望鏡の角度や測距値も自動的に演算器に入力されている。

そうして中央の貨物船二隻に対して四本の魚雷が発射される。

「……一〇……九……八……」

時計員の声だけが発令所に響く。

宮山潜水艦長も、この時間に慣れることはなかなかできない。計算では命中するはずだが、計算は計算でしかない。命中するかしないか、その事実こそが重要だ。

「……四……三……二……一……命中、いま！」

それより少し遅れて爆発音が届く。ひとつ、そして遅れてもうひとつ。潜望鏡を出すと、二隻の貨物船が炎上していた。

「急速潜航！」

すでに潜航中の呂一〇〇にとって、それは一〇〇メートルまで潜航することを意味した。

駆逐艦一隻が急速に接近するが、それだと呂一〇〇の音を察知することは無理だろう。自分が出す雑音が邪魔をするからだ。とはいえ、ノロノロと進んでいられる状況ではない。

そうして深度一〇〇メートルで呂一〇〇は駆逐艦とすれ違う。そして駆逐艦がいない領域を直進し、反対舷に出る。

自分たちを攻撃しようとしている駆逐艦は、明後日の海域に爆雷を投下していた。

「さて、次だ」

9

船団指揮官にとって、まったく想定外の出来事だった。

SBD急降下爆撃機も発見せず、レーダーも察知していない。にもかかわらず、船団の貨物船二隻が撃沈されてしまった。

「敵は二隻か！」

艦長が叫ぶ。しかし指揮官は冷静だった。

「いや、潜水艦は一隻だ。遠距離から角度をもって雷撃し、二本が命中したのだ」

それとて二隻も命中するというのは奇跡に近いが、それでもほかに可能性は考えられない。

だから、指揮官はもっとも近い駆逐艦に最大速力で現場に向かわせた。相手が遠距離ならばこそ、接近させてはならない。

「二隻に命中してしまったが、敵は一隻に照準していた。もう一隻は巻き込まれたのだ」

とはいえ、指揮官にとっては大きな失点だ。運が良かろうが悪かろうが、二隻撃沈されたのは事実なのだ。

「船団の速力を上げよ」

指揮官は命じた。

現状、八隻が残っている。救難に駆逐艦一隻を残すとして、二隻で八隻は守れないだろう。

だが老朽船二隻は脱落し、潜水艦はそれを狙うはずだ。だからうまくすれば七隻、最悪でも六隻はガダルカナル島に送り届けることができる。

二隻の潜水艦を相手に被害を限局しようとすれば、非情だがこの二隻を切り捨てるよりないだろう。

船団は速力を二〇ノット近くまで上げた。この速度では潜水艦は追いつけないし、貨物船が出せる限界に近い。

そして予測通り、老朽船二隻は脱落し始める。しばらくすると二隻はそれぞれ本隊から五キロ、一〇キロと距離を置くこととなった。

船団を整えて直進させる。貨物船は等間隔に並び、速力もそろっていた。その前後を駆逐艦二隻が固める。

だがガダルカナル島を前にして、さらに中央の二隻が爆発した。

命中した魚雷はそれぞれ一発だが物資を満載した、それも燃料や爆弾などの可燃物を中心とした搭載物資だけに貨物船は一瞬で爆発、炎上した。

救難することさえ不可能に思われた。

「四隻か……」

残り四隻を救えるのか。指揮官には自信がなかった。

かなり難しい雷撃だった。水中高速潜水艦といえども、二〇ノット近い速度の船団を攻撃するには追いつくだけでも簡単ではない。

船団は最初は八隻だったが、低速の二隻が脱落している。これを撃沈するのは容易であるが、脱落した貨物船は距離も離れており、この二隻を撃沈すれば残り六隻の攻撃は不可能だろう。

敵がこの二隻をあえて切り離したのは、本隊を守るためなのも明らかだ。

それは非情な判断だが、指揮官の判断としては妥当ではある。こちらが複数の潜水艦がいるように見せたのだから。

ともかく宮山は船団を追撃し、遠距離から雷撃を行ったが四本すべてを外してしまう。高速で遠距離であるために、いかな演算器といえども命中できないわけである。さすがに波の速度までは計算には入れていないのだ。

そこで再び最接近して雷撃を敢行し、今度は二隻を撃沈した。

これで敵船団の四隻を撃沈できたが、魚雷の数も一六本引く一二本で六本しか残っていない。残っているのは四隻だが、さすがにここから先は容易にはできないだろう。

「あと一回の攻撃が最後だ」

次に四本撃てば残りは二本だ。一隻一本の攻撃も可能だが、それはかなりの危険を伴う。船団の数が減れば減るほど、駆逐艦は守りやすくなる。言い換えれば貨物船が減れば、それだけこちらから駆逐艦に接近することになる。四隻の貨物船を二隻の駆逐艦で守っているのである。これはかなり厄介だ。

「引き上げる」

宮山の決断は部下たちを驚かせた。

「敵船を全滅させることは不可能だ。そして、我々が攻撃できるのは二隻が限度だろう。そうであるなら、敵が本隊から切り離した二隻を攻撃する。老朽船でも物資は同じだ」

こうして呂一〇〇はガダルカナル島から離れていく。そして二隻の老朽船を順次撃沈する。

それは一隻の潜水艦の戦果としては圧倒的なものであったが、宮山には決して満足できるものではなかった。

「一〇隻の船団で無事に到達したのは四隻か……」

コーニッグ大佐にはそれは不本意な結果であっただけでなく、信じられない結果でもあった。

いままでの航空哨戒は、完璧ではないとしても大きな成果をあげていたのではなかったか？

もっとも、コーニッグ大佐は船団の側に文句を言うつもりは毛頭なかった。航路の安全を保証していた責任の過半は自分たちにあるからだ。ともかく、いまは四隻分の物資で作戦を実行しなければならない。

揚陸作業は進んでいたが、積み荷の多くは燃料と爆弾だった。とりあえず攻撃は実行できる。

ただ残念ながら、哨戒に使える飛行機は沈められてしまった。さらに、B17爆撃機の防御火器用の銃弾はほかの船に積まれており、それは十分な数がそろわなかった。

ともかく一回の攻撃は可能となった。

「ポートモレスビー側の攻勢準備には、やや時間が必要だとのことです」

通信参謀が報告する。

「しかし、再度の船団編成には間に合わんな。やはりいまの物資で作戦を行うしかない」

10

「ポートモレスビーで動きがあるようです」

第八艦隊の敵信班は三川司令長官にそれを報告する。

暗号解読は演算器の導入で著しく進歩したが、それでもなお完全解読はできていない。

一つにはガダルカナル島への輸送船団の被害が多すぎるために暗号が解読されていることが疑われ、暗号更新が頻回になっていることがあった。これは確かに効果的で、敵信班も諸々のことをゼロからやり直すことが多かった。

そういうなかでポートモレスビーからの大規模攻撃があると思われる時に、暗号が一新されたのは一つの明らかな兆候だった。

「そうであるなら、第七電撃戦隊を前進させる」

三川司令長官は命令する。

それはかねてより考えていたことだ。ポートモレスビーからの攻撃に対して第七電撃戦隊を前進させることで、ラバウル防衛の縦深を深くするのである。

さらに、戦艦霧島には新兵器が搭載されていた。のちに三式弾と呼ばれることになる新型対空弾だ。

これは信管の調定が難しく、タイミングを外せば敵編隊を撃破できない。飛行機がいないところで爆発しても意味はないからだ。

だが、電探と演算器を連携させることで、敵編隊の直上で起爆させることが可能となる。

技研の人間の中には、砲弾の中に電探を仕込んで、敵編隊の上空で起爆させるという発案をしたものもいたそうだが、砲弾の数だけ電探が必要となるような、そんな兵器は実用化できまい。それよりも軍艦の電探と演算器でタイミングを計るほうが現実的である。

こうして第七電撃戦隊の霧島と比叡に周辺警護の駆逐隊とともに出撃命令が下った。これにあわせて陸偵の彩雲も単座の乙型が交代で出撃する。

ただし、ポートモレスビー上空には移動しない。そろそろ連合国軍も高高度偵察機の存在に気がつき始めた兆候があり、それを察知されるわけにはいかないからだ。

連合国軍でも電探が普及した結果、複数の電探で同じ目標が察知された時、二つの電探の距離と、それぞれの電探が観測した飛行機の距離から陸偵の飛行高度は割り出せる。特に、複数の電探が設置されているポートモレスビー周辺は危険なのだ。

ただ、今回のような前方警戒的な任務なら、上空を飛行する必要はないのである。それでも三川司令長官には懸念がある。防衛はできても、まだこちらから攻勢に出るには準備が整っていないためだ。

　ポートモレスビーを破壊するだけなら方法はある。しかし占領し、こちら側の拠点とするための準備は簡単ではない。

　北オーストラリアへの攻撃を前提に、ポートモレスビーを維持するためには、周辺地域にも基地を展開してポートモレスビーの防衛を完璧にしなければならない。

　それらは短期間に、もっと言えば、ほぼ同時に整備しなければ意味がない。防備を鉄壁にしなければ奪還されてしまうかもしれないからだ。

「あと三か月、三か月あれば準備は整うのだ」

　三川司令長官にとって、それはなによりも長い三か月に思えた。

第５章　ラバウルの危機

1

ポートモレスビーの航空基地には多数の掩体壕をしたがえた滑走路が三本あった。

一番短いのが六〇〇〇フィート（約一八三〇メートル）、次に八〇〇〇フィート（約二四四〇メートル）、そして最長が八二〇〇フィート（約二五〇〇メートル）の三本である。

Ｂ17爆撃機はこのうちの八〇〇〇フィート級滑走路二本を活用する。この二本の滑走路の中間には滑走路のような誘導路が設備され、Ｂ17爆撃機はこの誘導路に待機し、順次出撃する段取りになっていた。

ポートモレスビーのレーダーには周辺空域に機影はなかった。じつを言えば、これは微妙な状況であった。

高高度を飛行する陸偵は、水平距離と垂直距離の傾斜部分がレーダーからの距離であるため、水平距離ではレーダーの有効範囲内ではあったが、高度が高いためにレーダーからは発見されていなかったのだ。

そもそも地上設置型のレーダーであるため、遠距離で高高度を飛行する陸偵は察知が困難であったのだ。塚本海軍大尉は、そうしたことを考慮しながら陸偵を飛ばしていた。

敵軍の無線機は盛んに電波を出していたが、陸偵では再生できなかった。連合国は周波数変調を採用していたが、日本海軍は振幅変調の無線電話を使用していたからだ。ただ検波できないとしても、通信量が増えるというのは明らかな兆候だった。

塚本はこうした兆候を第七電撃戦隊へと短く報告する。同じ通信はラバウルへも送られていた。

そうして陸偵は後方に下がる。彩雲のレーダーを敵に察知されないためだ。やがて彩雲のレーダーに多数の反応が観測された。

「敵攻撃隊を確認！」

「敵重爆隊が出撃しました！」

通信参謀からの報告で、鬼沢司令官はすぐに戦艦霧島の八門の主砲に三式弾を装塡させる。同時に、離れた場所に待機する装甲空母比叡から局地戦闘機が発艦していた。

ここは鬼沢司令官が悩んだところだ。最初に局地戦隊がB17爆撃機隊を迎撃し、その後に三式弾で攻撃するほうが縦深は深くできる。

ただ三式弾の運用を考える時、敵が編隊のほうが効果は高い。局地戦で襲撃した後では、敵編隊はバラバラとなり、砲弾の効果は低くなる。

さらに、実戦においてこの砲弾がどの程度まで有効なのかを把握したいという思惑もあったのだ。

すでに彩雲は敵に気取られないようにB17爆撃機隊の移動を追跡している。現状では彼らは第七電撃戦隊の直上を通過することにはならず、左舷側面を通過する。そこは主砲の射程内だが、射程内にとどまる時間は限られている。

彩雲の計測が正確であれば、Ｂ17爆撃機隊が新型砲弾の射程内を通過するまで巡航速度で七分。金剛型戦艦の主砲の発射速度からすれば、九回の斉射が可能となる。

Ｂ17爆撃機隊が速度や針路を変更すればこの数字は変わるわけだが、それでも九回も発射することはないと鬼沢司令官は考えていた。

新型弾が効果的な兵器なら、九回も斉射を行う必要はない。三回も斉射すれば敵に大打撃を与えられるだろう。

逆に使い物にならないような兵器なら、三回も斉射すれば役に立たないことは確認できる。いずれにせよ、三回か四回の斉射で結論は出る。つまり、勝負は三分だ。


ラバウルを目指すＢ17爆撃機の編隊は、総勢三〇機であるという。ラバウルという限られた領域への攻撃とするならば、これはかなりの爆弾密度となるだろう。

彩雲からは頻繁に敵編隊の動きが通知されてくる。さらに上空の気流や温度、空気密度なども計測されていた。これらは対空戦闘を行う砲弾にとって重要な情報だ。

紫電の迎撃隊もすでに位置につき、敵の上から攻撃を仕掛ける準備が整っているとの報告が届いていた。

そうして霧島の電探が、ついに敵編隊を捉えた。四門の主砲は最終調整に入る。そして砲術長から発射の命令が下った。

B17爆撃機隊の編隊で右翼側に位置している何機かは、戦艦霧島の姿を目視していた。それは報告されたが、編隊指揮官はあえて無視した。

いまここで戦艦を攻撃すれば、敵戦艦は撃沈できるかもしれないが、ラバウルを攻撃する戦力を失うことになるからだ。そもそも戦艦が爆撃で沈むかどうかもわからない。自分たちは陸用爆弾しか搭載していないのだ。

あるいは、戦艦で爆撃隊の攻撃を吸収しようという意図があることさえ考えられる。距離が二〇キロ近く離れていることもあり、直接の脅威にはならないだろう。指揮官はそう考えた。

だから、戦艦が主砲を発射したとの報告にも動じなかった。

戦艦の砲弾が直撃すれば、いかなるB17爆撃機といえども木っ端微塵に砕け散るのは明らかだが、そんな確率はないに等しい。

要するに、敵戦艦は自分に爆撃隊の攻撃の矛先を向けさせたいのだ。そうやってラバウルへの圧力を減らそうというわけだろう。

まさにその時だった。編隊の上空が明るくなり、続けざまに何かが炸裂し、自分たちの周囲が光に包まれる。

ともかく周辺の空一面が明るい。その正体がわかった時、B17爆撃機のあちこちで火災が起きていた。

「焼夷弾!?」

爆撃隊の指揮官は、まだ状況が飲み込めなかった。ただ、エンジンが次々と火災を起こし、さらに新たな閃光が上空で炸裂したことはわかった。

爆撃隊指揮官は散開を命じようとしたが、すでに手遅れだった。炎上するＢ17爆撃機はそのまま海面へと墜落していく。

敵の砲弾が信じられない精度で起爆しているためか、三回目の斉射が行われた時点で、一二機のＢ17爆撃機が炎上していた。

指揮官は反射的に編隊に散開を命じた。編隊を組んでいるからこそ、敵の砲弾の威力が増すのだ。

この判断は適切で、四回目の斉射で撃墜されたのは逃げ遅れたＢ17爆撃機一機だけだった。

しかし、それでも三式弾により三〇機のうち一三機が撃墜されたことになる。それは絶大な威力と言っていいだろう。指揮官にとっては壊滅的な打撃だ。四〇パーセント以上の戦力が失われたのだから。

砲撃は四回の斉射で終わった。指揮官機はエンジン一基が延焼したが、それはなんとか消火に成功し、飛行を続けていた。

ただ部隊の再編はしなかった。編隊を組めばまたあの砲弾で砲撃されかねないからだ。

じつを言えば、三式弾は砲弾が軽いために射程距離は通常の徹甲弾などよりも短いのだが、Ｂ17爆撃機隊の指揮官がそんなことを知るはずもなかった。

そして彼は、ここで引き返そうとはしなかった。戦艦の射程外に出れば、この新兵器の洗礼を受けることはないとの判断だ。

それは確かに間違っていない。だが、編隊を組まずに散開したまま前進したことで、Ｂ17爆撃機隊は装甲空母比叡の紫電隊による攻撃を受けることとなった。

Ｂ17爆撃機は多数の一二・七ミリ機銃を持ち、防御力の高い爆撃機であったが、それでも相互支援ができないほど散開している爆撃機にとって局地戦闘機の襲撃は重大な脅威だった。

じじつ重武装の紫電の照準は正確で、しかも数が多い。Ｂ17爆撃機は防御火器で応戦するが、エンジンを撃ち抜かれた重爆は、一機また一機と撃墜されていく。

密集して防御火器を効果的に使おうと指揮官が思った時は、すでに手遅れだった。もはや集結するようなことは不可能な状態だ。

さらに、牽制のために紫電隊から逃れようとするＢ17爆撃機の前方に三式弾が展開し、その退避を断念させた。

こうして激しい空戦のなかで、Ｂ17爆撃機隊は文字通り全滅した。

2

「ポートモレスビーの爆撃隊が敵戦闘機隊の迎撃を受けているようです」

コーニッグ大佐は通信科から意外な報告を受けた。戦況はともかく、重要なのはＢ17爆撃機隊が迎撃を受けたという事実である。

「よし、予定通り出撃する」

コーニッグ大佐にとって、それは朗報だった。ラバウルの戦闘機隊がそれだけ前進しているなら、ラバウルの防備は手薄になっているのは間違いない。

こうしてガダルカナル島より、なけなしの三〇機のＢ17爆撃機隊が出撃する。それらもまた、編隊を組んでの出撃だった。

3

同じ頃、三川軍一艦隊司令長官は第七電撃戦隊の鬼沢司令官の報告を受け、陸攻隊にポートモレスビー攻撃を命じていた。

彼の攻撃命令はかなり中途半端なものだった。それは敵襲が本当にあるのか、あったとして電撃戦隊でどこまで迎撃できるか。その結果として八艦隊はどうすべきか。そうした方針が定まっていなかったためだ。

このため陸攻隊には、出撃準備を受けたらすぐ動けるようにという曖昧な命令が出されていた。

つまり、予令の予令みたいな命令だ。

それが敵Ｂ17爆撃機隊を全滅させたとの一報から、ここで急遽、出撃を決めた。

現場では陸攻の整備と燃料補給だけは終わっていたが、爆弾などの準備はできていなかった。それがここにきての出撃準備で、滑走路にはトラクターやトラックが走りまわることとなった。

これも仕方がない。艦隊司令長官自身が、出撃するかどうかを決めかねていたのだ。ともかく出撃準備をしていると、電探がラバウルに接近するＢ17爆撃機隊を発見する。

「全滅したのではなかったのか？」

三川司令長官は何が起きているかわからなかったが、現場の航空隊司令官は爆弾の搭載作業を中止させ、すべての陸攻を離陸させてポートモレスレスビーへの出撃を命じた。

それは陸攻隊が地上破壊されないための退避命令であったが、司令長官から命令違反を論難されないよう、あくまでも最初の命令に従ったという体裁をとるためだ。

幸いにも陸攻隊は燃料補給だけはできている。それらは順番にポートモレスビーへと向かっていった。陸攻隊の半数は爆弾を搭載していなかったが、そんなことはいまとなってはどうでもよかった。

そして、陸攻隊の司令官は第七電撃戦隊に直接連絡を取り事情を説明する。それは装甲空母比叡から、紫電による護衛を期待してのことだった。

この時点で三川司令長官は、一時的に陸攻隊のことを失念していたらしい。それよりも敵襲への備えを優先したのだ。


この時点でラバウルに戦艦は在泊しておらず、戦艦による三式弾での迎撃は期待できない。なので、局地戦による対抗手段しかとれなかったが、ラバウルの紫電は二〇機にとどまっていた。

これは激戦が続いていたために紫電の損耗が続き、補給や整備が追いつかなかったためだ。ポートモレスビー攻略が優先されたため、攻撃手段である陸攻と制空戦闘機の零戦の整備が優先され、局地戦の整備が後まわしになった。

ここで露呈したのは、緊急時の航空隊への命令系統の曖昧さだった。局地戦はラバウルの防衛を担当する点では役割は明確であったが、零戦隊は陸攻の護衛とラバウルの防衛の両方に活用された。

陸攻隊の指揮官が命令の拡大解釈で陸攻を出撃させたことで、零戦隊もほぼ自動的にその護衛任務で出撃した。このことは現場部隊の話し合いで、迅速な出撃と滑走路の効率運用のために出来上がっていた。

問題は攻勢と防衛を同時に行わねばならない局面で、戦闘機隊を再配分する調整がまったくなされていないことだった。そして三川長官自身、この点での問題を意識していなかった。

結果として、三川司令長官が抱いていた迎撃戦闘機と実際に出撃した戦闘機の数には倍近い乖離《かいり》があった。

しかも出撃した二〇機の局地戦闘機も、必ずしも万全の状態ではなかった。紫電の売りは機体と一体で開発された演算器を用いた照準器にあったが、二〇機のうちの七機までもが機体から演算器を降ろしていた。

高温多湿のラバウルの環境で、真空管を用いた演算器を安定的に稼働させることは容易ではない。しかも最近になって、やっと演算器の必要性が認識されたため状況は改善されたものの、演算器用の真空管へのニッケル割当は十分ではなかった。鉄で電極を作り、ニッケルメッキを施すような代用品も多く使われていた。

そうした材料の演算器が動かなくなったが、それでも飛行機は飛べるし、目視での照準は可能だったため戦力化されていたのである。

じつを言えば稼働率という点では、ラバウルでの紫電は照準器が複雑なために零戦よりも低かった。整備にそれだけ知識が必要とされたが、そうした整備兵の養成が追いついていないためだ。

だから使用不能となった紫電は、戦闘での損傷以外にも通常使用での損耗も少なくなかった。このあたりは装甲空母比叡に搭載されていた紫電とは状況が違っていた。

それでも電探に誘導され、二〇機の紫電はB17爆撃機隊に対して有利な位置で待ち伏せることができた。

電探からは頻繁に彼我の位置関係が報告され、方位は修正され、そしてついに局地戦隊は隊長からの攻撃命令を受けた。

上空から一気に奇襲攻撃をかけ、編隊の左右両翼に位置したB17爆撃機がそれぞれ一機、撃墜されて海上に落下する。

しかし、編隊はそれにより散開することはなかった。密集し、相互に火力支援をしながら紫電に反撃してきた。

紫電の側も火力支援の弱い編隊の外側から攻撃を集中する形になったが、攻撃する側としては効率がいい方法ではなかった。

それに業を煮やしたのか、一部の局地戦が敵編隊の中央部に突進した。

局地戦導入の利点の一つは経験の浅い搭乗員でも戦力化できる点にあったが、結果として戦術眼を十分に養う余裕はなかった。座学と実戦が違っていることは、結局は実戦で学ぶしかないわけだ。

しかし、そうした戦術眼の有無は搭乗員の犠牲で精算された。不用意にB17爆撃機隊に接近した紫電は、周囲の対空火器により集中的に銃撃を受け、撃墜されてしまう。

紫電は火力や照準性能は高かったが、防御に関してはそこまで強力ではなかった。演算器というコンポーネントを搭載している関係で、防御装甲などを施す余裕はあまりなかったからだ。

この問題は別の場面でも生じていた。一機の紫電がＢ17爆撃機の銃弾を受けたが、致命傷には至らなかった。操縦員にも損傷はなかったが、それは演算器が装甲板代わりに銃弾を受けとめたからだ。

演算器のレイアウトに制約があるなかで重心の問題もあり、設計者が演算器を乗員防護のための装甲板代わりにしたことがあった。その意味では、演算器は設計通りの性能を果たしたことになる。

だが操縦員は、そこから照準器が作動しないことに気がついた。それでも機銃は作動するので、搭乗員は勘で銃撃を行うのだが命中弾は出なかった。

そうして銃弾を撃ち尽くして戦線を離脱することを余儀なくされた。


激闘が繰り返される中で、装甲空母比叡の局地戦隊はまったく状況が違っていた。まず戦闘機の数が違ったことで、戦闘現場の推移が大きく変わってしまったのだ。

Ｂ17爆撃機隊はそれでも数を減らしていたが、ラバウルの直前に迫っても撃墜できたのは六機にすぎず、逆に五機の紫電が撃墜されていた。

ついにラバウルの対空火器が動き始めるが、そもそも防御火器の密度が十分に高いとは言えなかった。そこも整備途上であった。

対空火器の整備が追いつかないからこそ、局地戦で敵を接近させないという対応をするよりなかったのだ。つまり、ラバウルの防空は縦深が深いのは確かであったが、それぞれの層は薄かった。

二四機のＢ17爆撃機のうち、先ほどの戦闘で損傷した二機が対空火器により飛行不能となり、海面に不時着を試みて失敗した。さらに一機が対空火器で撃墜された。

そして、二機のＢ17爆撃機が紫電の攻撃でラバウル上空で撃墜されたが、不幸にも一機の紫電が友軍の対空火器により撃墜される。

爆撃に成功したＢ17爆撃機は一九機を数えた。ただ、ラバウル攻撃に投入されたＢ17爆撃機は、機密を守るためにノルデン照準器を外した状態であるため、ラバウルへの攻撃も命中率はそれほど高くなく、二割ほどの爆弾は海に投下されていた。

それでも十数機のＢ17爆撃機が投弾を成功させた。彼らは滑走路ではなく、ラバウル市街に空襲を絞っていた。滑走路は比較的短時間に修復可能という経験則からだ。

この時点で第八艦隊司令部も、使うとは思っていなかった地下壕に避難することを強いられた。爆撃は十数分で終了したが、ラバウル市街の消火活動は夜までかかった。

4

昭和一七年七月七日、トラック島。

「こんなことを続けていてもなんにもならん」

高須《たかす》連合艦隊司令長官は憤《いきどお》っていたが、その憤りは自分に対するものだった。

日本は無意味な消耗戦などできるような状況ではないのにポートモレスビーとガダルカナル島、そしてラバウルの問題は、まさにその無意味な消耗戦の様相を呈していた。

「兵力の逐次投入は即刻、中止しなければならん」

「ですが司令長官、ラバウルの完全復興までの時間を稼がねば……」

宇垣《うがき》参謀長の言葉を高須はさえぎる。

「それが逐次投入ということだ。まずなすべきは脅威の徹底的排除であり、それはガダルカナル島とポートモレスビーの同時占領しかない。どちらかが残っても、ラバウルの安全は図れない」

幕僚たちは高須司令長官の意見の妥当性よりも、ガダルカナルとポートモレスビーの同時攻撃という言葉に驚いていた。

確かに兵力の逐次投入ではないが、しかし可能なのか？

「現在七つある電撃戦隊の四つを投入する。ガダルカナル島に一つ、ポートモレスビーに二つ。陽動に一つ、これは状況によりガダルカナル島の攻撃に編入する。

具体的な部署は、作戦の詳細を詰める時に決めればいい。必要なら五個戦隊を投入する」

「それで陽動とは？」

「ケアンズやクックタウンへの奇襲攻撃だ。あるいはこちらも同時攻撃が望ましいなら、戦力は五個電撃戦隊にすべきかもしれないがな。

北オーストラリアの航空基地を叩き、本土防衛のために戦力を温存させ、ポートモレスビーへの圧力を軽減する。その状況のなかで二つの地点に攻撃を仕掛ける」

「ですが長官、陸戦兵力は？　占領するためには兵力が必要ですが」

「ポートモレスビーに対しては、陸軍との協定で部隊派遣に合意はできている。ガダルカナル島については、海軍陸戦隊で行うよりないだろう」

「陸戦隊というと……」

「トラック島の陸戦隊とラバウルの陸戦隊で急遽編成する。敵を海上封鎖し、我々が橋頭堡を確保できたなら増員は可能だ」

それもまた兵力の逐次投入ではないかと言う人間は、さすがにいなかった。

だが、それに対して意外な人物が口を開く。それは艦隊の主計長だった。

「陸軍部隊にせよ陸戦隊にせよ、輸送するからには船舶の手配が必要ですが、海軍の船舶にはそのような余裕はありません。過去に活用された機動艇にしても陸軍部隊の船舶です」

「しかし、陸戦隊を機動艇で輸送した事例があったはずだが」

「あれは陸海軍の現地協定の産物です。海軍の機動艇と呼ばれるものは機材としてありません」

兵科将校の高須司令長官には、輸送船舶の手配という発想はなかった。そんなものは命令さえすれば、なんとかなると思っていたのだ。じっさいいままでは、なんとかなっていたではないか。

「なにか対策はないのか？」

「なくはありませんが、小職の職域を超えます」

「どういうことだ？」

「陸軍は船舶工兵用に五〇〇トンの木造船を量産しています。鉄骨木皮の漁船を大きくしたような船ですが、これらと機動艇を陸軍から借りることができるなら、物資や兵員の輸送には目処が立ちます」

　主計長の発言に会議室内にはなんとも言えない空気が広がった。

「つまり、陸軍と話をつけて、そうした船舶を活用するということかね」

「そうです、司令長官。おそらくパラオかその周辺の船舶が活用できるはずです」

　すると、漁船のようなものかと発言した者がいた。それに対して主計長は挑むように言う。

「その漁船に毛が生えたような船でさえ我々にはない。船舶の不足は危機的な状況なのだ。一万トンの優秀客船など期待しているなら、お門違いだ。そんな船はすでに空母に改造されている」

　それに反応したのは宇垣参謀長だった。

「空母隼鷹《じゅんよう》がある。電撃戦隊の編成を一部変更し、装甲空母を上陸艦艇母艦とし、戦艦と隼鷹で電撃戦隊を編成すれば、部隊輸送に木造船を用いる必要はなくなるのではないか」

「参謀長、隼鷹が使えるとして兵員輸送に転用できる装甲空母は一隻、司令長官の言われた同時攻撃には足りないのでは？」

　主計長は宇垣案には驚いたようだが、宇垣の装甲空母使用案に悪い印象はないようだった。

「まずポートモレスビーは防御陣地も重厚で、湾を守る小島には砲台がある。そうした敵地に侵攻するからには、装甲空母を投入すべきはポートモレスビーだ。

　逆に防備が固まっていないガダルカナル島は、機動艇でいいはずだ。そうなると、第七と第四がいずれかの攻略に投入されることになる」

「ケアンズやクックタウンの攻撃は？」

「戦艦武蔵、大和をかかえる第五、第六電撃戦隊を投入するのが適当だろう。四六センチ砲による徹底した砲撃は、敵の反撃力を粉砕するだけでなく、敵に対して主攻が北オーストラリアと思わせる効果も期待できる」

「大和型戦艦の実戦投入か」

高須司令長官も、宇垣参謀長の提案には思うところがあったようだ。

「確かに世界最強の戦艦を遊ばせる余裕は我が国にはないな。二大戦艦を投入するなら、まさに今次作戦が適切だろう」

こうして作戦の骨子は固まった。

5

七月一〇日、ラバウル。

試製三式陸上攻撃機はラバウルの滑走路に着陸した。

全幅は三〇メートルほどあり、なによりも目を引くのは四発機であることだった。これは大竹教授らが研究を続けていたアメリカ爆撃機の派生機であった。

より正確に言うならば、実験機材としてほとんど期待していなかった試験機の性能が予想以上に高かったため、四発陸攻の量産が行われることとなったのだ。この機体はそのための実験機である。

ただ量産の決定こそなされてはいたが、生産数はそれほど増えていない。

理由は、四発機は既存の双発陸攻と比較して資源を多量に必要とするからだ。乗員数はほぼ同じであり、爆弾搭載量も大きいので、効率面では四発が有利な部分も少なくない。

それでも生産ラインを新造しなければならず、そこはいまの日本ではおいそれとはできない相談である。既存の飛行機もまた量産しなければならないのだ。

このため四発陸攻はコンベヤー的な流れ作業ではなく、ショップ式で生産することを強いられていた。可能な限り一式陸攻などと部品の互換性を維持しようとしたことも生産の遅れにつながっていた。

つまり、一式陸攻の生産チームと四発陸攻の生産チームは別組織であり、航空機部品の生産数が急増しない限り、部品の取り合いが起きた。工場の責任者は生産する飛行機の数を稼ぎたいから、手間のかかる四発よりも既存の双発機を作りたがった。

結局のところ、設計がよくて製造技術が確立したとしても、生産現場がそれに対応していない限り量産は成立しないのであった。

そして、設計側と生産側では技術者の交流もほとんどなく、まして工場管理側との接触などシステムとして組み込まれていない。

このため四発陸攻の開発陣は大竹も含め、量産工場についてはほとんど知らされていないし、あえて自分たちから訪れようという気もなかったのだ。

それでも海軍航空隊が働きかければ状況は違っ

たかもしれないが、こちらはこちらで簡単にはいかない事情がある。

　部隊編成を行い、それを早急に完結させねばならないのだが、乗員数が大差なく、一式陸攻のほうが四発陸攻よりも納期が短いなら、現場としては一式陸攻で編成を完結させたいのである。

　それに、乗員数は同じでも四発のほうが整備員の数は多い。人間の手配のことを考えると、高性能だから四発とも言えない。

　そもそも、互換性が高いと言っても完璧ではなく、四発陸攻専用部品も少なくない。稼働率を維持しようとすれば、現場としても四発を選択するメリットは薄い。

　このような状況なので、ラバウルにやってきた四発陸攻が一機のみというのも決して理由がないわけではなかったのだ。

　そうなると、この陸攻の役割も攻撃機というわけにはいかなかった。一機でできることなど知れている。

　この陸攻の任務は、高高度からの北部オーストラリアの偵察であった。その方面の情報があまりにも少ないことと遠距離攻撃の試験も兼ねてだ。ラバウルからの距離は片道で約一五〇〇キロ、往復で三〇〇〇キロだ。試験には十分な距離である。

　四発陸攻には紫電の経験も生かされ、機首と尾部の照準器に合わせると、それぞれの機体上部と下部にある電動機銃が連動して目標に銃撃を加えるようになっていた。

　これは高高度を飛行する陸攻では人間が機銃を扱うのが難しく、人間は与圧区画にいる必要があったからだ。この場合、防御火器の配置を人間に合わせるのは難しく、否応なく遠隔操作となる。

また機体運用の関係で、防御火器は独立した連装機銃が下部に用意されていた。基本的に下から自分たちを攻撃してくるであろう敵機を迎撃するための装備である。

陸偵は相変わらず最高機密だった。それでも四発陸攻を偵察に出すのは、こちらを偵察機と思わせることで、陸偵の存在を隠すという意味があった。単座の彩雲ならまだしも、四発機の存在までは隠しようもない。

こうして四発陸攻は離陸する。搭乗員たちは眼下に見えるラバウルの様子に衝撃を受けていた。

基地機能そのものはそれほど損傷を受けていないのだが、市街地の被害は少なくないように見えた。いくつかの倉庫が破壊され、鎮火はされていてもその痕跡は明らかだった。

反撃を行うには、まだ時間が必要だろう。あくまでも自力ではだが。

「敵電探の電波を捕捉！」

電測員が報告する。ケアンズにはやはり電探基地があるようだ。それは当然だろう。むしろ、ないほうが不思議な話だ。

機長は時計を見る。電波を受信するだけなら遠距離でもできる。

電探は反射波を傍受するから、電探ではまだこの陸攻の存在はわからないはずだ。ただ現在の速度だと数分後には敵に察知され、迎撃機が飛んでくるのも間違いない。

クックタウンを飛ばしてケアンズに向かうのは、そこが重爆部隊の拠点になっていると考えられているからだ。だから、ここを叩いておけばポートモレスビーの重爆部隊の動きを抑制できると判断されていた。

「高高度飛行に入る。全員、マスク確認せよ」

機長が全員に命じた。

与圧区画がある陸攻では、高高度機のトラブルの大半がこの与圧機構にあった。そのため非常時用の酸素ボンベとマスクも搭乗員のすぐ近くに置かれていた。

もっとも重要なのは機長の操縦員と副操縦員であり、与圧区画が銃弾で穴をあけられたら、急降下して酸素濃度を確保することとなっていた。

それで戦域から離れられたら、機関員が木栓で銃弾の穴を埋める応急処置を行うという流れだ。木栓はあらかじめ削ったものが用意されている。

用意されているのは木栓だけだが、用意した木栓以上に銃撃を受けたら、かなり甚大な被害であり、与圧区画をどうするという次元では話は収まらない。

「敵迎撃機、接近中！」

電測員が報告する。

「よし！」

うまい具合に雲量が増えていた。陸攻はここで高度を上げ、雲のさらに上に出る。

電測員は接近中の戦闘機二機の位置を計測し、そこから速度を割り出すことで、その速度の変化から幾何学的に自分たちとの高度差を割り出す。

自分たちの高度はわかっているから、敵戦闘機の飛行高度もわかる。

　現状では敵戦闘機との距離は狭まりつつあるが、高度差があるので戦闘機の直上で自分たちがすれ違っても、五〇〇〇メートルの開きがある。だから敵戦闘機は自分たちを発見できないことに狼狽《ろうばい》するに違いない。

　じっさい迎撃戦闘機は、陸攻とすれ違いながらも発見できないことに混乱していた。

　下は雲量が多いため、敵戦闘機は爆撃機が雲の中に隠れていると考えているらしい。そして戦闘機の動きを見ると、ケアンズから電探で誘導されているようだ。

　機長は電探の動きを聞きながら、少しばかり蛇行して戦闘機に接近する姿勢を示した。このことで戦闘機の動きはますます混乱していた。

　それを確認し、陸攻は一気にケアンズに突入した。

　ケアンズからの迎撃機は出てこない。すでに迎撃機が出ており、それが敵機に接近しているとの報告があり、必要ないと思われたらしい。

　そうしたなかで高度を下げた陸攻はケアンズの上空に到達し、可能な限りの写真を撮影した。そして、高射砲の砲撃を受け始めてから彼らは雲の中に隠れ、高高度へと向かった。偵察は無事に成功した。

「防御火器の試験は次回だな」

　機長はそうつぶやいた。

6

　七月一〇日、装甲空母比叡。

その頃、第七電撃戦隊の装甲空母比叡は、特殊工事を施されている最中だった。

特殊工事といっても、実際に行っているのは格納庫や飛行甲板の強度計測やクレーンの増強などである。西田正雄艦長は、そうした作業を興味深げに見ていた。

飛行甲板の上には不可思議な兵器があった。それは鹵獲《ろかく》したアメリカのM３軽戦車の車体にオープントップの砲室を設け、一二・七センチの高角砲を強引に載せたという砲戦車であった。

これは海軍陸戦隊が上陸作戦での砲火力の不足を痛感したことが背景にある。さりとて大型軍艦は海岸には接近できず、また軽巡でさえその火力は上陸作戦には強力すぎた。

命中精度が低いのに火力だけ強力というのは、上陸部隊にとっては同士討ちの可能性が高くなる。逆に、敵味方の識別が明確な段階で艦艇が火力支援を行っても意味はない。その時点ですでに勝敗はついている。

そこで急遽、開発されたというより、試験的に製造されたがこの砲戦車である。故障して米軍が放棄したものを再利用しているくらいなので、比叡に載っている四両がすべてだ。

もちろん、一二・七センチの高角砲がそのまま載るわけもなく、砲身は切断されて軽量化されている。射程などは短くなるが、直照準で敵の火砲を潰すのが目的なのでそれほど問題ではない。

それが飛行甲板の上に載っているのは、ポートモレスビーの入り口にある島の砲台を叩くためだ。

砲身は短くしたが、比叡の飛行甲板の上に持ち上げたことで、射程を伸ばす意味がある。

じっさいのところ、この火砲で砲台が破壊できるかどうかはわからない。たぶん破壊できるはずだが、それなりに時間は必要だろう。

それでもこちらから砲撃を加えているあいだは、砲台も上陸部隊に対して攻撃を仕掛けられない。上陸が成功した段階で、砲戦車は陸戦隊に合流する。そうして今度は陸戦隊と行動をともにして、敵の防御火点を破壊するのだ。

「これで敵砲台を破壊できるのか？」

それは、艦長としてもっとも気になる部分だ。揚陸艦的な任務を担当することになっているが、紫電を搭載し、上陸部隊の直上を支援することも期待されていた。

この部分は飛行甲板がどこまで耐えられるかにより、それは砲台を潰せるかどうかにかかっている。

「見てもわかるように仰角がかなり大きいので、敵砲台に直上から砲弾を撃ち込むことができます。それならば叩き潰せるはずです。満身創痍の砲台です。これで引導を渡せるでしょう」

ただこれらの議論は、行動をともにする戦艦霧島の事前砲撃を前提としたものだった。

上陸前には、空母航空隊や霧島による爆撃や砲撃が行われる。もっとも、それらの攻撃の後の上陸作戦を行う段階になれば、同士討ちを避けるために強力な火力は使えない。そこから先は砲戦車の火力が頼りとなるのだ。

それでもここまでするのは、ポートモレスビーの島の砲台はすでに何度も爆撃を受けているにも関わらず、どうしても抜くことができなかったからだ。

抜けない理由ははっきりしないが、砲台が頑強なのか、爆弾の命中精度の問題だろう。

「すべては霧島の働き次第か」

7

七月一〇日、真珠湾。

海軍基地としての真珠湾は依然として復旧途上にあった。だが、艦艇部隊をまったく扱えないわけではなかった。機能している部分を組み合わせれば、それなりの戦力を支援できた。

なにより真珠湾が使えるかどうかで、アメリカの対日作戦は一八〇度異なるものとなってしまうのだ。


そしていま、真珠湾には巨大な戦艦が入港していた。

「現時点において、日本軍がサウスダコタの入港について把握している事実はありません」

情報参謀の報告に、ニミッツ長官は少しばかり安堵できた。

「日本軍は明らかに北オーストラリアへの上陸作戦を検討している。ケアンズやクックタウンが陥落すれば、ポートモレスビーも自動的に陥落することになる。

これらの都市が日本軍の手に落ちたなら、オーストラリアが日本との単独講和に応じることもあり得なくはない」

ニミッツはそのことを懸念していた。これは米太平洋艦隊の作戦進行の問題だけでなく、アメリカの戦略にも直接影響するだろう。

「しかし、現時点でのサウスダコタの投入は性急では？」

レイトン情報参謀は指摘する。

日米開戦が秒読みという時点で、サウスダコタには密かな大改造が加えられていた。それに対して予定通りの工期で竣工できたのは、まさに奇跡でしかない。

だがそのことで、軍艦としてはややバランスを欠いた構造となっていた。それは深刻な問題ではないと言われていたが、乗員の訓練期間は決して十分とは言えなかった。

ただ、それでも就役させねばならない理由も、レイトンにはわかっていた。

「敵も北オーストラリアを攻撃するからには、強力な部隊を投入するはずだ。そうであるなら、こちらがそれを待ち伏せて撃破すれば、戦局は大きく変わるだろう」

ニミッツ長官は日本軍部隊を撃破することについて、微塵も疑問を抱いていないようだった。それもレイトンにはわかる。

本来なら戦艦サウスダコタには四五口径の一六インチ砲ＭＫ６が搭載されるはずだった。それを強引に五〇口径一六インチ砲ＭＫ７に換装したのである。

同じ口径の火砲でも火力が一段と違っている。本来は建造中のアイオワ級戦艦に搭載される主砲なのだ。

アイオワ級の竣工はどう考えても間に合わないが、サウスダコタの改造はかろうじて間に合うと判断された。

五〇口径一六インチ砲MK7なら、知られている限り世界のいかなる軍艦も仕留められるはずだった。

この戦艦サウスダコタと空母サラトガが、オーストラリア防衛に投入される。

日本海軍が戦艦と空母の組み合わせで結果を出しており――ただしこれについては、米太平洋艦隊内部でも疑問視する意見がある。戦うレンジが違いすぎる軍艦を組み合わせることへの疑問からだ――太平洋艦隊もそれを導入するというわけだ。

もちろん、米太平洋艦隊にはほかにも戦艦はある。しかし多くは一四インチ砲搭載艦であり、日本海軍の部隊を圧倒するには十分とは言えなかった。

なにしろ一六インチ砲搭載艦を、艦齢の古い金剛型戦艦が肉薄して撃破してしまうようなことが起きているのだ。確かに金剛型戦艦も大破したが、沈んではいない。

こうしたことを考えれば、五〇口径一六インチ砲MK7搭載艦を投入するというのは必然的な話であった。

「潜水艦部隊は投入しなくともよいのですか」

レイトンの質問にニミッツは表情を曇らせる。

「我が軍の魚雷には大きな問題があるようだ。それが解決するまで潜水艦は出せん」

ニミッツはワシントンの海軍省勤務で魚雷を担当していた時代があった。その彼が問題があると言うからには、問題があるのだろう。

レイトンも潜水艦部隊から「命中したはずなのに爆発しなかった」という話があがっていること

は耳にしていた。

ただ潜水艦に雷撃に関して、外れたのか不発だったのかの確認は難しい。しかし、ニミッツは不発という前提で調査をさせていた。

これは魚雷の問題をニミッツが把握していたからではない。

まず、フィリピンでの日本軍の攻撃のために同地の備蓄魚雷はすべて失われ、米海軍は魚雷が払底状態にあった。だから新規に製造し、備蓄を作らねばならないため、製品の改造にはむしろタイミングはよかった。

だが、それ以上に重要なのは潜水艦部隊の士気の問題であった。外部から「潜水艦乗りは嘘をついている」と思われることは、司令長官として看過できない問題だった。

だからこそ、司令長官として「潜水艦乗りは嘘を言っておらず、問題は魚雷にある」と宣言したのであった。

ここまではレイトンも司令部幹部として知っていたが、どうやら本当に魚雷の信管に問題が見つかったようだ。そうなってくると、太平洋艦隊司令長官としては潜水艦部隊を使いにくくなってしまったのだ。

「すべては水上艦艇での戦闘ですか」

それに対するニミッツ長官の意見は違った。

「残念ながら、我々は敵の潜水艦には備えねばならんのだ」

8

七月二〇日、第六電撃戦隊。

「陸偵によりますと、現在の針路上に敵影なしとのことです」

情報参謀が第六電撃戦隊の鳴山辰夫《なるやまたつお》司令官に報告する。大規模作戦ということで、戦隊司令部には情報参謀が置かれていた。

「ここまでは順調だな」

それは鳴山司令官の本心だった。作戦は緻密だ。自分の采配の失敗が、ほかの部隊に影響することもあり得る。

ポートモレスビーとガダルカナル島の同時攻撃という連合艦隊司令部の作戦は、戦闘序列を具体化するなかで細目が変わっていた。

まず、ポートモレスビーの攻略には第四電撃戦隊の戦艦榛名と装甲空母金剛、第七電撃戦隊の戦艦霧島と装甲空母比叡の総計四隻で、このなかで上陸部隊を輸送するのは比叡だったものが急遽、金剛へと変わった。

これは金剛の工事が空母としては未完であるが、兵員輸送には使えることからそちらを転用し、比叡は空母として使用することとなったのだ。これに伴い、隼鷹が編入されることはなくなった。

一方、陽動の北オーストラリア攻撃には、第五電撃戦隊の戦艦武蔵と空母翔鶴、第六電撃戦隊の戦艦大和と空母瑞鶴となった。前者がクックタウン、後者がケアンズに向かう。

そしてこの攻撃の終了後、二隊はガダルカナル島攻略に向かい、ここで上陸部隊の船団と合流するのだ。

攻撃の骨子は、分離した瑞鶴隊が北東方向からケアンズを襲撃する。それに対してケアンズの航空隊が空母瑞鶴を捜索し、攻撃を仕掛ける。そうしてケアンズの戦力が手薄になってから、大和がケアンズを砲撃するという流れだ。

滑走路を破壊されれば、出撃した航空隊も帰還できまい。クックタウンを目指しても、そこは第五電撃戦隊が攻撃し、使用不能となっている。

しかし、これらの作戦が成功するにはすべての部隊の密接な連携が不可欠だった。それが成功するかどうか、鳴山にもわからない。これほどの規模でこれだけの連携が求められたことは、かつてなかったからだ。

そして、計画の小さな齟齬《そご》は自分たちで解消し、ほかの部隊の作戦進行に合わせねばならない。

そのための装備として、大和や武蔵にはカタパルト発進できる紫電が四機搭載されていた。万が一の場合にはこの四機が出撃し、敵機から大和や武蔵を守るのだ。この四機はそれ以外のことはしない。

燃料が限界になったら瑞鶴や翔鶴に着艦し、可能であれば、そこから再度出撃する。空母との連携に齟齬が生じても、この四機が戦艦を守るのだ。

9

七月二〇日、空母瑞鶴。

「時間か」

瑞鶴艦長の横川市平《よこかわいちへい》大佐は、いよいよ出撃の時を迎えた。すでに彩雲が出撃し、本隊誘導の準備にかかっていた。

　ケアンズの航空写真は撮影されており、部隊の攻撃目標は決まっている。彩雲はケアンズの状況に変化がないことを報告している。

　彩雲の偵察で、ケアンズの基地も多少は警戒しているようだったが、本格的な警戒はまだしていないようだ。これは連合国側が、日本軍の暗号から動きを読むことが困難になっているためらしい。

　暗号は演算器で圧縮され、通信時間は秒以下の時間であるので、連合国軍は受信そのものが困難だったのだ。

　そのため演算器を使わない周辺の電波通信から概要を割り出すしか方法がないのが現状だった。

　それによると、日本軍の部隊はまだトラック島に集結しているはず。それが彼らの認識だった。

　横川艦長は知らなかったが、これも艦隊司令部の敵信班の仕事であった。

　日本軍は現地の間諜による無線通信の存在を把握していた。そうした暗号は比較的構造が簡単だったので、演算器を用いれば解読は容易であった。

　専門の暗号兵を潜伏させれば違ったかもしれないが、現地人を密かに教育し、日本の占領地に戻さねばならないため、訓練期間は短くならざるを得ず、臨機応変に対応させるのは困難ということがあった。

　だから日本軍は、作戦前にそうした協力者をリストアップし、何人かは日本側に寝返らせ、さらに今回の作戦を実行するにあたって組織を一網打尽にしていた。

そして、日本兵による報告が連合国軍に送られていた。

この手の暗号では、日本軍に解読された場合や間諜が逮捕された場合に備え、いくつかの単語については間違った打鍵をするように教育が施されていた。たとえば、ｃｒｕｉｓｅｒと打つべきところをｃｒｉｕｓｅｒと打つように意図的なミスを織り込んでいたのだ。

日本軍が欺瞞《ぎまん》報告で正しいスペルで打電すると、受け手は組織が日本軍に捕縛されたことを知るわけだ。

しかし、演算器はそうした通信を単語レベルで分析しており、意図的に間違っている単語の存在も把握していた。

だから、連合国軍は日本軍が動き出すことを把握していなかったのだ。ただこうした工作を知っていたのは、連合艦隊司令部でも高須司令長官のほか数名に限られ、現場の電撃戦隊で知っているものはいなかった。

10

この時、空母瑞鶴の攻撃隊は艦爆二〇、艦攻二〇、艦戦一二という編成だった。空母に残っているのは艦爆五、艦攻五、紫電一五の二五機だけだ。

艦戦の零戦よりも紫電が多いのは、攻撃隊が出撃したあとに部隊の防空にあたるだけでなく、必要に応じて爆装して攻撃機的に振る舞うためだった。

さらに、軽戦である零戦の搭乗員育成よりも、照準器と機体が一体化している紫電の搭乗員の養成のほうが楽であるという現実による。

　さすがに航続力では紫電は零戦に及ばないが、そもそも局地戦であり、それは欠点にならない。それに長距離飛行を行わないからこそ、一撃離脱戦術の錬成に集中できるというメリットがあった。

　それでも五二機の攻撃隊が瑞鶴の主力であることに変わりはない。ほかにも近くで彩雲が活動しているはずだった。

　はたして攻撃隊に対して彩雲から報告が入る。敵の迎撃機が出動し、彼らに向かっているというのだ。

　彩雲の電探の情報によって零戦隊は敵迎撃機を待ち伏せる位置に移動する。戦闘機隊にとって彩雲の最大の効用は、現場で最適な位置情報を提供してくれることだった。

　さすがに彩雲の電探は敵味方の識別まではできなかったが、それでも初動で有利な位置に立てることは大きかった。

　ケアンズの迎撃戦闘機には彩雲のような支援があるはずもなく、後方のレーダー基地も的確な情報を即時に伝えられる状況ではないため、自分たちが待ち伏せされていることをわかっていなかった。

　そして基地からの警告もないため、待ち伏せは完璧な奇襲となった。

　迎撃戦闘機隊は零戦による上空からの攻撃を受け、先頭の一群が脱落した。そこからは乱戦となるが、それは格闘戦を得意とする零戦の真骨頂でもある。

　迎撃戦闘機隊は壊滅的な打撃を受け、攻撃隊はケアンズに侵入する。

対空火器の配置もわかっているため、そうした防備の薄いところからケアンズ市内に突入し、レーダー施設を中心に攻撃を行う。

飛行場にも攻撃を行ったが、それは航空機の地上破壊を中心としていた。滑走路に穴をあけてもすぐに復旧するのは、過去の戦闘で確認済みだ。

こうしてケアンズの航空基地への襲撃は終わった。

ケアンズの基地は打撃を受けたが、残存戦力を集めることはできた。そして、彼らは日本軍空母への反撃を開始した。

第6章　艨艟の対決

1

　ケアンズの航空基地は日本軍空母の奇襲により一時的に混乱に陥っていた。しかし、日本軍の奇襲の可能性は考慮されており、それなりの対策も試みられていた。

　それは掩体の建築や応急処置にあたる人員の組織化などの地味な作業ではあるが、確かに効果は認められた。

　そうして雑多な航空機が結集される。Ｂ17爆撃機もあれば、Ｆ４Ｆ戦闘機もあれば、ＳＢＤ急降下爆撃機もある。陸軍航空隊も海軍航空隊も、ともかく使える飛行機が出撃準備を進めた。

　日本軍の空母がどこにいるのかもはっきりしなかったが、レーダーの記録はわかっている。その記録にしたがって、攻撃能力のない練習機などが本隊に先行して空母を探すことになった。

　陸海軍の垣根はなく、すべて現場の話し合いで決められていく。通常なら相応に時間のかかる作業だっただろう。何度も会議が開かれ、調整されていくのだ。

　しかし今回は違う。自分たちをいま攻撃した日本軍に反撃する。陸海軍を問わず、すべての軍人がこの一点で意見の一致をみている。だからこそ、この一点を実現するためにすべての力を結集できたのだ。

　こうしてケアンズから索敵のための練習機が飛び立ち、陸軍航空隊、海軍航空隊のそれぞれの集団が出撃した。

2

「ケアンズが襲撃されただと！」

　戦艦サウスダコタのアレン・エドワード・スミス艦長がその報告を受けた時、最初に考えたのは「遅かった！」という後悔だった。最新鋭戦艦がケアンズにあれば、日本軍の航空隊に好きにはさせなかっただろう。

　それは単なる強がりではない。要塞のごとき対空火器の山は、日本軍機に甚大な被害を与えたことは間違いない。それだけケアンズの被害を限局できたはずだ。

　日本軍がサウスダコタを無視することは、まずあり得ない。それを攻撃すればするほど日本軍の被害は増大する。そうやってケアンズは防衛できるし、うまくすれば敵空母を戦艦で仕留めることも不可能ではない。

「ともかくケアンズへ急げ」

　彼はそう命じた。戦艦はケアンズへの針路を急ぎ、護衛の駆逐艦もそれにならう。

　事前の情報では、日本軍はケアンズやクックタウンを保障占領する可能性があるらしい。オーストラリアが連合国軍から脱落すれば、それらの都市から撤退する可能性があるというのだ。

この情報の真偽のほどは、スミス艦長にはわからない。こうした情報がどのように入手されたのか、最高機密であることは常識だろう。

ただ、自分たちの存在を敵に知られていなければ、敵の上陸部隊を自分たちが迎え撃つことができる。そうすれば敵軍は甚大な被害を受け、ケアンズ占領など諦めるに違いない。

それがクックタウンでも同じである。世界最強の主砲を装備したこの戦艦に勝てるものなどないからだ。

「ケアンズから航空隊が出動した模様です」

レーダー室より報告がある。どうやらケアンズの航空隊が、日本軍に向けて反撃を開始したらしい。

それを耳にしたスミス艦長の心理は複雑だ。日本軍の攻撃を受けても反撃に赴く戦友たちの闘志への感銘は、確かにある。だが、自分がその反撃部隊に参加できていないことを残念に思う気持ちもある。

世界最強の戦艦が初陣で日本空母を撃沈するというのは、同盟国であるオーストラリアはもとより、合衆国市民にも強い印象を与えることは間違いあるまい。しかし、敵空母撃沈は友軍航空隊の手柄となりそうだ。

そうしたなかでスミス艦長は再び緊急電を受け取る。

「クックタウンが敵空母部隊の攻撃を受けました!」

第五電撃戦隊の別役司令官はクックタウン方面を偵察している彩雲からの報告を受け、空母翔鶴の戦闘機隊に対して再出動準備を急ぐように命じていた。

　クックタウンの航空隊は基本的に戦闘機などの単発機が中心で、基地の重爆を地上破壊してしまえばケアンズからの支援なしでは大型機を飛ばせないことは、事前の調査からわかっていた。

　問題は、ケアンズ方面を監視している彩雲からの報告だった。ケアンズからは反撃部隊が編成され、出動しているというのだ。

　そこで、別役司令官は僚艦である瑞鶴を救うため、翔鶴の戦闘機隊を出そうと考えていたのだ。

　すでに瑞鶴と翔鶴との通信と二機の彩雲の連携により誘導できる準備は整った。あとは翔鶴側の準備次第である。これにあわせて、ケアンズを監視していた彩雲はケアンズから出撃した攻撃隊の後を追う形となった。

　ケアンズには有力艦艇はなく、ここから先は戦艦大和の砲撃だけである。ならば攻撃隊を追撃すべきという鳴山司令官の判断であり、別役司令官もそれに同意していた。

「すべては順調そうだな」

　別役司令官はそう確信していた。

3

　ケアンズから出撃した反撃部隊は、日本軍空母の正確な位置を把握していなかった。大まかな方角がわかっていただけである。そのため索敵機として練習機などを先行させていた。

　だが、そのことは空母瑞鶴の電探からもわかっていた。このため空母の迎撃部隊は、ほぼ同時に索敵機である練習機を撃墜していた。

反撃部隊は索敵機が撃墜されたことで、なおさら空母の位置がわからなくなった。そこで攻撃隊は散開し、空母を発見した部隊が仲間に通報するという方法となった。

このような打ち合わせが迅速にできたのは、出撃前に海軍航空隊と陸軍航空隊のあいだで互いに通信を行うためのチャンネル設定を取り決めていたからだった。小さなことのようだが、これを決めていたことは、反撃部隊の戦術的な柔軟性を大きく高めた。

一方で、瑞鶴の側は決断を迫られた。敵部隊が大きく二つに分かれたからだ。残存機だけでは二つ同時には迎撃できず、戦力の半減は自殺行為だ。

そうしたなかで僚艦の翔鶴から応援部隊が来るという一報が入り、こちらも相互連絡により現場で対応が決められた。

敵も味方も互いに接触を行う前に、相手の動きから現場対応で意思決定を行ったことになる。

それでもここでは、彩雲の支援を受けられる日本海軍航空隊に分があった。

彩雲の報告により瑞鶴の紫電隊はB17爆撃機隊を迎撃し、F4F戦闘機などには翔鶴の航空隊が迎撃にあたることとなった。

そして瑞鶴は紫電隊の出撃と並行して、第一次攻撃隊の収容にもあたっていた。

第一次攻撃隊は比較的燃料に余裕があったのだが、それでも発艦と着艦をほぼ同時並行で行った瑞鶴の運用は尋常ではなかった。それをやり抜けられたのは、整備や発着機部員たちの高い練度故だった。

この時、B17爆撃機を中心とする陸軍航空隊は、じつは瑞鶴と離れた場所にいた。その飛行針路上に空母の姿はないようなところを飛んでいた。

しかし、航続距離が長い重爆であるから針路上にないとわかれば、別のルートを探すことは明らかだ。瑞鶴との接触は遅かれ早かれ起こる。ならば、敵航空隊が友軍空母を発見できていないうちに襲撃すべきである。

B17爆撃機隊にとっての不幸は、じつはすべての爆撃機がB17爆撃機ではなく、イギリス製のブリストル・ブレニム爆撃機など複数の機種が含まれていることだった。

反撃できるものをすべて投入するというのは、確かに戦力の逐次投入よりも正しい判断である。

しかし、それは同時に緊急避難的な判断であり、通常ならこうした雑多な編成がなされることはない。そして、戦場はこちらの都合など斟酌《しんしゃく》しなかった。

彩雲の指示で最適な場所で待ち伏せていた紫電の一群は、まずB17爆撃機ではなくブレニム爆撃機を集中して攻撃した。空母を守るためには、攻撃機の数を減らさねばならない。それは当然の判断だろう。

爆撃機隊はこの奇襲により大混乱に陥ってしまう。彼らも脱落者がいないように一番性能の低い爆撃機に速度を合わせるのが精一杯で、相互の火力支援などができる状況にはなかった。

なによりも奇襲攻撃により複数の撃墜機が出たことは、爆撃隊の士気に大きく影響した。このため陣形の再編は大きく遅れを取ることになる。

この再編の遅れは高い代償となった。再編が完了するまでにいくつかのB17爆撃機は相互の火力支援が受けられない状況に陥り、紫電はそうしたB17爆撃機を見逃しはしなかった。

再編が完了したのは思ったよりも早かったが、それは予想以上の損害があったことで機数が減っていたからであった。

ただ、この時点で紫電の攻撃力も低下し始めた。燃料はまだしも銃弾が乏しくなっていたためだ。多くの爆撃機を撃墜したというのは、それだけ銃弾を消費したということでもある。

紫電の照準器は命中精度が高かったが、それは標的に対する命中率を比較しての話である。撃墜までに消費する銃弾数で考えると、命中率は言われているほど高くない。

それは当然だ。二〇ミリ機銃を四丁装備で相手を撃墜するのであるからキルレシオは高いが、一発あたりの銃弾の命中率で考えれば、重火力である分だけスコアは低下する。

結果として、B17爆撃機のうち五機が空母へと向かった。こうなると、空母瑞鶴は自分の対空火器で戦わねばならないかと思われた。

だが、収容されて燃料と銃弾を補充した零戦隊が、ここに参戦した。

すでにB17爆撃機からは空母瑞鶴の姿が目視できるほどの近距離である。空母の対空火器も動き出そうとしていた。

まさにそこへ零戦隊が突っ込んできた。

B17爆撃機隊にとって厄介なのは、銃弾を撃ち尽くした紫電が自分たちの進行を阻止しようと躍り出ることだった。

銃弾を撃ち尽くしたことを知っているのは紫電の操縦員だけであり、Ｂ17爆撃機の乗員たちは知る由もない。というより、そんな判断が冷静にできる状況にはない。

五機のＢ17爆撃機はそうして分断され、各個に撃破されていく。それでも一機のＢ17爆撃機が満身創痍で爆撃を継続すべく前進する。

彼らは、すでにエンジンから煙を吐いていることのＢ17爆撃機で基地に戻れるとは信じていなかった。それでも彼らは前進した。

その敢闘精神は零戦隊の操縦員にも伝わったものの、だからといって放置はされない。Ｂ17爆撃機に引導を渡すべく、一機の零戦が二〇ミリ機銃弾を撃ち込む。

Ｂ17爆撃機は姿勢を崩して海面に墜落するかと思ったが、海面まで数メートルのところで上昇に成功し、そのまま空母瑞鶴に向かっていく。

爆撃ではなく体当たりをくわだてているのだ。

対空火器が大急ぎでＢ17爆撃機に向かうなかで、それはついに力尽きた。

空母瑞鶴が通りすぎる時、Ｂ17爆撃機はまだ海面から見える程度の深さを漂っていた。飛行甲板の将兵は、それに対して敬礼で迎えた。

4

戦艦サウスダコタがケアンズ沖合に到着した時、そこは特殊な状況になっていた。つまり、ケアンズの航空基地には練習機さえ残っておらず、連合国運の航空戦力は陸海軍ともに残っていなかった。

一方で日本軍機といえば、空母航空隊は空母へ戻っており、彩雲さえもケアンズの攻撃隊を追尾するため同地を去っていた。

ケアンズには航空戦力がないばかりか、そこにサウスダコタが到着したことを報告する存在もいないという状況だった。そして彼らもまた、戦艦大和の接近を知らなかった。

「ケアンズの攻撃隊は、まだ日本軍空母の所在を突きとめていないのか」

スミス艦長は通信長に確認する。

「空戦は行われているので空母の近くまでは迫っているはずですが、正確な所在はまだ明らかではありません」

「空母の近くまでは迫っているのか」

スミス艦長は一瞬だが、航空隊の後を追うことも考えた。しかし、追跡しても空母の側が自分たちを発見すれば逃げてしまうであろうから、追跡は無駄だろう。

それに敵が上陸部隊を侵攻させる可能性もある。ならば、自分たちはケアンズを守るべきだ。

そうしてケアンズに向かっていた戦艦サウスダコタのレーダーは、ケアンズに接近してくる艦影を捉えた。

数隻の駆逐艦とともに大型軍艦が接近してくる。艦載機が飛んでいる様子はなく、だとすれば戦艦としか思えない。

「やっとサウスダコタの初陣にふさわしい相手が現れたか！」

5

「ケアンズ沖合に大型軍艦、戦艦の可能性が高いか」

　鳴山辰夫第六電撃戦隊司令官にとって、ケアンズに戦艦がいるという事実はなかなか受け入れがたかった。彩雲の偵察も瑞鶴の攻撃隊も、そんな戦艦の存在など報告していない。

　考えられるのは、空母瑞鶴の航空隊の攻撃が終わったタイミングで、この戦艦がケアンズ防衛に現れたということだろう。

　その意味では戦艦大和にとっても、これは好都合と言ってもいいだろう。戦艦大和がどれだけ使えるかを確認したいのは、司令官である自分だけではあるまい。

　鳴山司令官は敵戦艦へ突入する前に艦載機を発艦させた。零式水上偵察機と護衛の紫電である。

　紫電はいざとなれば瑞鶴に着艦するという運用であった。燃料の残量を見て、艦載の紫電を順番に発艦させるのが彼の計画だ。

　ほどなく水上偵察機から報告が届く。敵は新型戦艦で三連砲塔三基の戦艦であるという。そこは大和と同じだ。

「まず最大射程で砲撃する。偵察機に伝えよ」

「敵戦艦はこちらに接近してきます。また観測機が発艦されました」

　レーダーの報告は、スミス艦長にはやや意外だった。まだレーダーでしか存在を確認していないのに、敵は間合いを測るでもなく、はっきりと戦う姿勢を示した。

あちらの指揮官に軽挙妄動の傾向があるのか、あるいは自分たちの戦力に絶対的な自信があるからなのか。

「敵は、あるいは長門《ながと》型か、噂の新型戦艦か?」

日本軍の新型戦艦についてはまだよくわかっていなかった。長門型より大型なのは間違いないが、推定で一六インチ砲一〇門ではないかと言われていた。

そうした戦艦なら米海軍の戦艦に勝てると考えても不思議はない。しかしながら、同じ一六インチでもMK7に勝てる主砲はないはずだった。

「観測機を出せ! おそらくそれが鍵になる」

こうしてサウスダコタから二機の観測機が発艦された。

「敵機か!」

紫電の搭乗員は、前方から接近する黒点を二つ認めていた。戦艦大和の電探によりわかっていたが、それが確認された。

大和の艦載機は陸上機の紫電である。カタパルト発射が可能なように若干の改良はなされていたが、基本的に量産機と同じだ。

それは戦ったならば空母に着艦する。電撃戦隊だからこそ可能な運用だった。

もしかして米戦艦も戦闘機を搭載しているかとも一瞬考えた彼ではあったが、当然そんなことはなかった。普通の複葉機が二機、飛んでくる。

紫電はそれを確認すると、速度を上げて大きく垂直に旋回した。一度は敵機の後ろに出ると、後方上面からまず一機に銃弾を撃ち込んだ。

そもそも弾着観測のための飛行機である。こうした形での空戦は想定していない。まして戦艦から発艦した敵機の一つが戦闘機などとは思うはずもなかった。

最初の観測機が撃墜された。僚機が撃墜されたことで、残された一機も反撃に転じようとした。

観測機とて機銃はある。しかし、そもそも観測機と局地戦では速度も火力も違った。紫電が観測機の機銃の射程内に入る前に、紫電の二〇ミリ機銃四丁が観測機を貫いた。

こうして観測機二機は、紫電という通常ならこうした場面には登場しないはずの戦闘機の介入により撃墜されてしまった。


戦艦サウスダコタの側はこの時、何が起きているのかわからなかった。

普通はこんな場面で空戦にはならない。しかも二機の飛行機が鎧袖一触で撃墜されたが、どちらが勝ったのかがわからない。レーダーでは四機が二機になったことしかわからない。

その国籍がわかった時、事態はさらに進んでいた。サウスダコタの艦上からも日本軍機が確認された。

6

「撃てぇっ！」

砲術長の命令とともに大和の四六センチ砲弾が一発だけ発射された。

それは米戦艦には届かず、苗頭《びょうとう》も正確とは言いがたかった。しかし、それは問題ではなかった。

水上偵察機は弾着するであろう海域に待機し、弾着するとすぐその直上に移動する。観測鏡が弾着点を視野内の十字線に捉えると、大和に対して信号を送った。

戦艦大和の側は光学測距儀で水上偵察機の正確な方位を計測すると同時に、電探がその正確な距離を計測していた。

水上偵察機の高度はわかっており、これらから砲術科の演算器はこの時のさまざまな大気の状態を割り出していた。

その結果を踏まえて二度目の砲弾の準備がなされ、水上偵察機もその予定海域に移動する。

弾着観測としてはこれまでの手法とはかなり異なるやり方だが、主砲照準に演算器が導入され、砲術に関わるパラメーター計測の手法が変われば、当然弾着観測の手法も変わるのだ。

二度目の砲弾も米戦艦には届かなかったが、苗頭は正確になり、なによりも弾着点はほぼ予想通りの海域だった。水上偵察機は秒単位の時間差で弾着点を確認した。

「斉射！」

アウトレンジから九門の四六センチ砲弾が放たれた。

「敵は何を慌てているのか？」

スミス艦長はわからなかった。どう考えても、敵戦艦は射程圏外の距離から砲撃を仕掛けてきた。じっさい命中することなく、距離も角度も悪い。

「敵は新型のようですが、練度が高くないのでは？」

艦橋にいる兵器科の下士官がそんな感想を漏らす。

「確かにそうかもしれん」

距離がありすぎて敵戦艦の形状ははっきりしないが、主砲は三連砲塔のように思われた。既存の日本海軍戦艦にそんなものはないから新型艦だろう。

しかし、こちらの観測機を撃墜した航空兵力の水準と比較して、この砲術は稚拙すぎよう。

「敵戦艦は素人だ。一気に間合いを詰めて近距離砲戦で仕留める」

スミス艦長にはそれは十分可能なことと思えた。

「しかし、あの水柱、高すぎないか？」

下士官のつぶやきにスミス艦長も双眼鏡を向ける。

一六インチ砲弾の水柱はおおむね三三〇フィート（約一〇〇メートル）なのだが、あの水柱はそれよりも大きく見えた。

水柱自身はすでに崩れているが、その波紋は残っており、それは通常の一六インチよりも大きく見えた。

ただこれだけでは、敵の主砲について議論はできまい。なぜなら、水柱の高さなどというのは弾種によっても変わってくるからだ。

そして再び砲撃がなされる。

サウスダコタが移動しているから当然かもしれないが、弾着点は戦艦とはずいぶんとずれている。

一発しか撃たないのはさすがに試射であるからだろうが、それにしても方位も苗頭もずれている。

弾着観測機まで飛ばしながら、何をしているのか？

あるいは、これは罠なのか？　それも考えにくい。試射を下手に見せて敵を誘導するなどという稚拙な罠があるはずもない。

　それに間合いを詰めたいなら、向こうから突進してくればいいのだ。

　しかし、ここで信じがたいことが起きた。敵戦艦の周辺が明るくなる。明らかに敵は斉射を行ったのだ。

　試射が夾叉《きょうさ》弾も出していないのに、どうして斉射を行うのか？　それはあまりにも非常識すぎる。

　非常識なことは、それだけでなかった。戦艦サウスダコタ周辺に水柱が林立し、そして艦全体が衝撃に包まれた。

「敵戦艦、大和に向かって直進中！」

　零式水上偵察機の搭乗員たちは、米海軍の戦艦が大和に向かって突進する様子を上空から見ていた。

　すでに大和からの試射は行われていたが、そこに向かって米戦艦が突進しているのだ。

「遠距離砲戦では不利なので、接近戦に持ち込むのか」

　それは最近も、日本海軍の金剛型戦艦が米戦艦に至近距離で砲戦を挑み、格上の戦艦を撃沈した戦術だ。おそらく敵は、それを彼我の立場を変えて行おうとしているのだ。

「敵は本気だ」

　そして敵戦艦の周囲に水柱がのぼった。

「砲弾、夾叉しました！」

　水上偵察機からの報告で、大和の砲術長は彼我の位置関係などを修正して再度の砲撃を命じる。

敵戦艦は一直線で突進してくるため、修正量はわずかであった。

「敵戦艦も砲撃を開始しました！」

戦艦大和は、ついにやって来た敵戦艦の反撃に緊張した。

7

戦艦サウスダコタは衝撃に見舞われた。それは明らかに敵戦艦の砲弾が命中したものだ。

「レーダー室、周辺に敵戦艦は何隻だ？　いや、敵編隊はいるのか」

スミス艦長はそれを確認した。先ほどから稚拙な砲撃をしているあの戦艦から、この距離で命中弾が出るとは信じられない。考えられるとしたら、近距離に別の戦艦がいるか、あるいはいまの衝撃は攻撃機の爆弾となる。

しかし、レーダー室は周囲に敵機はいないことを告げる。それはスミス艦長もわかっていた。戦闘艦橋からもそんなものは見当たらないからだ。

そもそもそんなものがいれば、すでに気がついているだろう。

「命中したのか、本当に？」

信じがたいが現実は現実だ。彼はすぐに損傷を報告させる。

「命中弾は二発です。一発はカタパルト周辺を破壊しました。一発はバイタルパートで防ぐことができました」

「戦えるか？」

「戦えます」

ダメージコントロール担当の士官は断言する。スミス艦長は安堵した。命中弾には驚かされたが、さすがにサウスダコタの装甲は貫通できなかったのだ。

とはいえ、敵戦艦との距離は少なくとも二〇海里（約三七キロ）は離れており、命中以前に射程内ということのほうがあり得ない。何が起きているのか？

そうしている間にも両者の距離は狭まり、そしてサウスダコタは再び衝撃に襲われた。それは一瞬だが、スミス艦長が立っていられないと思うほどのものだった。

今度はダメージコントロール室から電話がかかる。

「艦内で爆発が起こり、ボスが即死です。自分が次席として臨時に指揮を継承しました！」

命中弾は三発で、一発は後部の艦橋付近を破壊した。一発は上甲板を貫通して艦内爆発を起こす。

さらに一発は、最初の砲弾が命中した近くに命中し、バイタルパートを破壊した。最初の砲撃のダメージで装甲部分の結合が深刻なダメージを負っていたようだ。

だから正確には装甲の貫通ではなく、命中による衝撃で装甲が艦内に押し込まれたのである。その隙間に爆発の衝撃がもたらされたのだ。

ダメージコントロールのために当該区画は閉鎖され、艦の水平を保つための注水が始まった。しかし、艦内の火災は収まりそうになかった。

スミス艦長はそのまま砲撃を命じた。敵の主砲が届くなら、自分たちの砲弾も届くはずと考えたのだ。

そして初弾から斉射した。これは敵戦艦を牽制するためだった。

砲弾は敵戦艦の手前に弾着した。わずかではあるが届かない。

「届かないだと！」

スミス艦長には信じられない結果だ。一六インチＭＫ７砲の最大射程は四五度で三八キロであるから、敵艦はそれ以上の遠距離から砲撃を仕掛けて命中させたことになる。

「全速前進！」

スミス艦長は命じた。なぜかわからないが、敵戦艦のほうが主砲の射程が長いらしい。だとすれば、反転して後退することは一方的に攻撃されるだけだ。

敵艦に反撃するためには、前進という選択肢しかなかった。

「砲撃準備！」

試射をするという余裕はない。相手を牽制しながら弾着を調整するしかなかった。

「レーダーを使って照準せよ！」

スミス艦長は必中を意図してそう命じたが、これは予想外の失敗だった。

米海軍も、のちにＣＩＣと呼ばれるようになるシステムは、まだ確立していなかった。レーダー射撃についても技術的に確立していない。ある程度の目処が立った段階だ。

それでも正確なレーダーによる測距と光学的な苗頭の調整で命中精度は上げられると思われた。

しかし、レーダーが敵艦の方位や速度を計測するのに、通常のＰＰＩスコープから読み取るのでは時間がかかり、光学測距儀での計測とのあいだに時間的な齟齬が生じた。

すべてを光学測距儀で行っていれば、距離も方位も同時に計測できたのに、それを分けてしまったため射撃盤は異なる時間のデータを入力することになる。

スミス艦長やほかの士官たちがもっと冷静なら、こんな失敗はしなかっただろう。しかし、彼らはレーダーで挽回するという考えに惑わされていた。

一六インチＭＫ７が斉射した砲弾は、距離だけを言えば確かに戦艦大和を射程圏内に収めていた。だが照準は大幅に狂っていた。砲弾は大和の後方のずれた方位に弾着した。

「照準修正急げ！」

砲術担当士官が命じ、レーダーと光学測距儀が慌ただしく動く。そうして再び斉射が行われ、苗頭は先ほどより正確になったが、距離は相変わらず遠弾に終わる。

それでも四回目の砲撃で命中弾が出ると思われた時、サウスダコタは再び砲弾の洗礼を浴びた。

8

「敵は焦っているのか」

鳴山司令官は、敵戦艦からの砲弾がことごとく的外れの弾着に終わったことを、そう解釈した。もっとも、それで米戦艦を侮る気持ちにはならなかった。

水柱の高さなどは明らかに長門の主砲よりも大きく、直撃すれば大和とて無傷ですまないことは明らかだった。

　この当時の主要国は、重要区画を装甲で防御するバイタルパートの考え方を採用していたが、大和の場合は米戦艦よりもやや妥協した面があった。だから砲戦となれば、そこを突かれると苦戦しただろう。

　だからこそのアウトレンジでの先制攻撃なのだが、それは十分に機能したようだ。

　敵戦艦は大和から見ても痛打されているらしい。遠距離すぎて敵戦艦の姿を直接見ることはできなかったが、火災が起きているらしい黒煙は確認できた。

　零式水上偵察機からも多数の命中弾が出ているという報告はあるが、速力はまだ低下していないようだ。砲撃能力も維持されている。ただし、火災は鎮火されていないらしい。

　そして二度目の砲撃がなされる。距離が接近したこともあり、大和も敵の射程圏内に入っていた。ただ、敵戦艦の砲弾はかなりずれていた。

　三度目の砲弾も命中には至らないが、二度目よりは正確になっていた。どうやら、斉射しながら弾着修正をしているのだろう。

　射撃速度は若干ではあるが、米戦艦のほうが高かった。それでも、まだ命中弾は出ていない。

　そうして大和側の斉射が行われる。敵戦艦も砲撃を優先していたため、針路変更を行っていない。そのため大和の砲撃照準も容易だった。

　さらに三度目の斉射が行われる。そしてここで、鳴山司令官は大和の針路を変更させた。

　それは敵の照準を狂わせると同時に、現状では互いにほぼ正面を向いての砲撃であったが、距離の接近に伴い同航戦に持ち込もうと考えたのだ。

大和の舵が利いて巨艦の針路が変わった時、サウスダコタの砲弾が弾着した。あるいは大和が針路変更を行わねば命中弾が出たかもしれない。しかし、それは遅すぎた。

9

大和からの三度目の斉射は、サウスダコタが四度目の斉射を行った直後に弾着した。この時の弾着はきれいに夾叉弾が出たものの、命中弾は一発だった。ただし、それがサウスダコタの致命傷となる。

それは艦橋構造物を直撃し、艦長以下の幹部を設備ごとなぎ払った。このためサウスダコタの指揮機能は一時的に不在となったが、艦の指揮権は数分後には兵器長が先任の中佐として引き継ぐことに成功した。

艦の指揮を執る立場となった兵器長が最初にしたのは、反転命令を出すことだった。現状では、日本戦艦と正面から戦うことは自殺行為と判断したのだ。

しかし、この反転命令はすぐに失敗とわかる。サウスダコタの針路変更にあわせるかのように、日本軍の戦艦が同航戦を仕掛けてきたのだ。結果として、彼らは日本戦艦の作戦に自らあわせる結果となったのだ。

互いに相手に対して横腹をさらす形であり、肉を切らせて骨を断つような戦闘を覚悟しなければならなかった。

　ただ、この時のサウスダコタ側はかなり不利な状況だった。一つは指揮官となった兵器長がサウスダコタの帰還を優先しており、戦闘を回避するのを優先していたこと。この判断自体は非難されるべきものではない。

　満身創痍のサウスダコタは内部火災こそ鎮火の目処が立ちそうだったものの、浸水も起こり、幹部クラスは戦死とお世辞にも万全と言える状況ではない。

　一方で、それらの損傷は本国に戻れば修理可能な問題であった。数か月の修理でサウスダコタが戦線復帰できるなら、いまは引くべきだろう。

　護衛の駆逐艦群も日米ともに動き出していたが、どちらも三、四隻程度の少数であるため、まったくといっていいほどこの海戦には影響していない。

　そもそも砲戦距離が離れすぎているので、駆逐艦が関わる余地がない。遠距離砲戦では戦艦の相手は戦艦だけだ。駆逐艦に出番はない。

　互いに相手に横腹をさらしながらの同航戦。兵器長はここで砲撃命令を下す。ここで傷つければ敵も後退し、自分たちは生還できる。そうした判断である。

　ただ、一つの照準器で三基の砲塔が同一目標を狙うことは、すでにできない。砲撃は個別の砲塔で照準するよりなかった。

　それでも、まだ自分たちには反撃手段があると兵器長は考えたのだ。

　そして、三基の砲塔は個別に砲撃を行った。

「かなりの惨状だな」
　鳴山司令官は高揚よりも安堵感を覚えていた。
敵戦艦と本格的な撃ち合いをすれば、自分たちも
あれくらいの惨状になっても不思議はない。それ
は、二隻の金剛型戦艦が敵戦艦との砲撃戦で大破
しつつも生還した姿からの連想だった。
　なにより三六センチ砲搭載の金剛型で四〇セン
チ砲搭載の米戦艦を撃沈したのは、ほかならぬ日
本海軍だ。このことは日本海軍の砲術屋の意識を
変えていた。
　格下の戦艦で格上の戦艦を撃破できるということは、米戦艦が死ぬ気で砲戦を挑めば、大和といえども安泰ではないという事実を示している。
　鳴山司令官が終始考えていたのはこのことだった。だからこそ、最初からアウトレンジでイニシアチブを握ろうと考えたのである。
　敵戦艦は艦橋部を失い、電探も使えず、艦内火災も起きているようだ。ただ砲塔は生きている。
　そこで鳴山司令官は接近戦になる前に、敵艦に引導を渡す決心をした。
　再び大和の斉射が行われる。それが発射されると同時に米戦艦からの弾着が観測された。しかし、統制射撃はすでに行えないようで、散布界は拡散していた。
　対するに大和の斉射は今度もサウスダコタを捉えた。三発の命中弾があり、一発は砲塔の一つに直撃し、それを停止させた。
　それは三番砲塔だったが、さすがにそれで轟沈とはいかなかったものの、戦艦の速度は急激に低下していった。

10

「三番砲塔に被弾！」

兵器長が総員退艦について考えたのは、この時だった。

被弾時のダメージコントロールが機能していたので、弾薬庫に引火して轟沈という最悪の事態は避けられたものの、砲塔に注水したことで戦闘力の三割以上を失ってしまった。

しかし、本当の問題はここからだった。ほかに二発の命中弾を出したことで、鎮火しつつあった火災は再び燃え始めた。さらにどの砲弾が起こしたのか、操舵機が故障した。

その結果、直進しかできなくなった。それは敵戦艦に標的にしてくれと言うようなものだ。

それでも総員退艦の前に敵戦艦へ砲撃を加えねばならぬ。なんとしてでも敵を無傷では帰せないのだ。

「一番、二番砲塔、砲撃終了後に退避せよ」

この六発が敵戦艦に命中するかどうかはわからない。しかし、最後まで戦った証は残る。

そうして六発の砲弾が撃ち込まれる。兵器長はそれが敵戦艦を夾叉したように見えた。

鳴山司令官には、敵戦艦は満身創痍に見えた。三番砲塔は誘爆こそしていないが火災に見舞われている。残るは一番と二番砲塔だ。

陸戦であれば降伏の場面だ。しかし、この海戦では降伏という選択肢はないだろう。大破しようが、降伏すればその戦艦は敵の手に渡る。

軍艦に自爆装置などないし、世間で言われるキングストン弁にしても、あれは艦内に溜まった汚水を廃棄するためのもので、自沈のためのものではない。だからこそ、軍艦は駆逐艦に雷撃させて沈めるのだ。

現在の状況では、敵味方ともに駆逐艦は役に立っていない。だから降伏するような状況では駆逐艦は排除され、戦艦は鹵獲されてしまう。

それを避けるには、戦い抜いて沈められることだろう。自分たちの艦は沈められても、相手に深手を負わせられるなら意味がある。

だから、敵の一番砲塔と二番砲塔が稼働したことも驚くことではなかった。予想外だったのは、二番砲塔の砲弾は明後日の方向に向かったのに対して、一番砲塔の砲弾が夾叉し、一発が命中したことだ。

この時に戦艦大和に衝撃が走ったのかどうかには諸説ある。衝撃を感じた乗員もいれば、何も感じなかったという証言もあった。

そして戦艦サウスダコタの命中弾は、大和を傷つけることはできなかった。これは大和にとっては幸運だった。

いまだに砲戦距離が大きいために砲弾の威力が低減していたのと、落角が大きいため、それが上甲板に命中していたら大和も無視できない損傷を負っただろう。

ところが命中したのが舷側装甲であったため、砲弾は浅い角度で装甲に命中することとなり、弾かれてしまったのだ。想定した戦闘距離よりも遠距離であったことが、サウスダコタには不利に働いたのである。

そして、戦艦サウスダコタの砲塔は沈黙した。これは乗員が退避しただけでなく、そもそも艦内火災のために、それ以上は砲塔を稼働させることができなかった。

ここで大和は距離を狭めると、再び砲撃を行った。すでに標的の速力は低下しており、照準に狂いはなかった。九門の主砲弾のうち四門が命中し、ついにサウスダコタの装甲を貫通した。

この砲撃が事実上のサウスダコタの致命傷となった。サウスダコタは傾斜を始めた。明らかにその戦艦は何人にも救える状況ではなかった。

鳴山司令官は戦闘中止を命じ、そのまま針路を予定通りケアンズへ向けた。そこへ徹底的に砲撃を行った後、武蔵と合流するのだ。

11

昭和一七年七月二二日、ガダルカナル島。

コーニッグ大佐にとって、この二日ほどはずっと焦りを感じ続ける日々だった。

ケアンズとクックタウンが日本軍の砲撃を受けたのが二〇日のことだった。連合国軍は日本軍が上陸部隊を編成しているという情報は入手しており、北部オーストラリアへの上陸部隊を警戒した。多くの部隊がそれに備えた。

ところが、日本軍の上陸はまったく予想外のところで行われた。部隊が北部オーストラリアへ移動している二一日になり、ポートモレスビーが空母艦載機による猛攻を受けたのだ。

ポートモレスビーの航空隊が北部オーストラリアへ移動している間隙を突かれたのである。制空権を日本軍にほぼ掌握され、さらに砲台などの重要陣地も日本軍戦艦の砲撃で制圧された。

そうしたなかで装甲強襲揚陸艦（と報告されているが、具体的にどんなものであるかはわかっていない）から多数の上陸用舟艇が展開し、ポートモレスビーは市街戦となった。

この戦闘そのものはまだ続いているが、制空権は日本が掌握し、戦艦まで投入している状況に連合国軍はなす術がなかった。米海軍の最新鋭戦艦が日本軍の戦艦に一方的に撃沈されたのは、その前日のことなのだから。

つまり、ポートモレスビー陥落は時間の問題なのだ。しかもケアンズとクックタウンの二つが徹底的な砲撃を受けたことで、ポートモレスビーへの連合国軍の攻撃はほとんどできない状況だった。

こうした一連の動きのなかで、ガダルカナル島だけは無風状態だった。ただそれは、日本軍がガダルカナル島を諦めたとか、そうした話ではないのも明らかだった。

ポートモレスビーが陥落し、ケアンズとクックタウンが都市機能を喪失した状況で、連合国軍がガダルカナル島を維持することは不可能だ。日本軍はその時に改めてガダルカナル島へと侵攻するに違いない。

これに対するコーニッグ大佐の回答は島の要塞化だった。

日本軍の攻撃により飛行不能となった軍用機は

何機もあり、回収されないまま放置されていた。そうした軍用機の機関銃を取り外し、基地を防衛するための防御陣地を構築したのだ。

有刺鉄線を張りめぐらして塹壕網を構築した。基地を攻略するための高地や見晴らしのよい土地は、複数の機銃座により十字砲火を浴びるように作られた。

じつを言えば、こうした陣地構築は以前より着手されていたのだ。だから迫撃砲や野砲も少数だが持ち込まれ、虎の子として戦車も用意されていた。

ガダルカナル島がこうした陣地で持ちこたえているあいだに、連合国軍は大規模な増援を送る準備が整うはずだ。

しかし、コーニッグ大佐の予想は外れた。二二日になると、ガダルカナル島は空母艦載機の一群により攻撃された。

滑走路上の数少ない飛行機は地上破壊されたが、それだけでなく、入念に構築された防衛陣地は的確に破壊された。

重厚な機銃掃射が機銃座を外科手術のように的確に排除したのだ。それは入念にガダルカナル島の防衛線を分析した結果としか思えなかったが、この島を日本軍の偵察機が飛行したことなどなかったはずなのだ。あるいは自分たちが気がついていないだけか？

さらに凶報は続く。

海岸の見張所から伝令がやってきた。すでに電話は使える状態にない。

「日本軍の戦艦と上陸部隊が現れました！」

コーニッグ大佐がそれに答えるよりも早く、地面を揺るがすような砲撃が始まった。

計画に従い、戦艦大和と戦艦武蔵は合流し、ガダルカナル島への砲撃を開始した。当初、ガダルカナル島の攻略は滑走路を無傷で確保する方向で考えられていた。それは言うまでもなく、ガダルカナル島を自分たちの航空基地として活用するという意図があったためだ。

だがポートモレスビー攻略に目処が立ちそうな状況で、連合艦隊司令部の判断も変化していた。つまりポートモレスビー攻略に投入した準備や兵力を考えたならば、ガダルカナル島を維持することのメリットが見られないという結論に至ったのだ。

このため島を占領はするが、それは敵軍の奪還を許さないためという方針に切り替わった。ここが敵の手に渡らないならば、ラバウルの脅威となることはないからだ。むしろポートモレスビーを中心に、オーストラリアに圧力をかけるべきという方針になったのだ。

結論として、ガダルカナル島の飛行場は四六センチ砲により徹底して破壊されることとなった。

ガダルカナル島の守備隊は、この四六センチ砲の砲撃を受けた時点で士気を喪失してしまった。すべてが頑強な陣地ではなかったものの、コンクリート製のトーチカもいくつか海岸近くに設置されていた。

守備隊の多くにとって、それが敵に対するよりどころだった。だがそのトーチカが砲弾の直撃を受けると、一瞬で粉砕されたのだ。さらに直撃でないとしても陣地が無力化され続けると、海岸の防衛線はすぐに崩壊した。

この状況で砲撃の中心は海岸から内陸の滑走路に移ったが、海岸線の防衛陣地は組織的に活動できる状況ではなかった。その中で次々と機動艇や大発が殺到する。そしてそこから戦車が前進してきた。

中心は九七式戦車であった。対戦車砲でもあれば、これらの戦車は苦戦を強いられただろう。しかし、いまのガダルカナル島にそんなものはない。戦車は残敵掃討を進めながら前進していく。

こうした戦闘ののちに、コーニッグ大佐は降伏を強いられることとなり、ガダルカナル島は陥落した。

（最強電撃艦隊3　了）

VICTORY NOVELS ヴィクトリー ノベルス

最強電撃艦隊(3)
巨艦決戦！ 大和突撃

2023年12月25日 初版発行

著 者 林 譲治
発行人 杉原葉子
発行所 株式会社 電波社
〒154-0002 東京都世田谷区下馬6-15-4
TEL. 03-3418-4620
FAX. 03-3421-7170
https://www.rc-tech.co.jp/
振替 00130-8-76758

印刷・製本 中央精版印刷株式会社

ISBN 978-4-86490-248-9 C0293